Asas Partidas

Khalil Gibran

Tradução de
Emil Farhat e Tárik de Souza Farhat

1ª edição

Rio de Janeiro
2021

CIP-Brasil. Catalogação na fonte
Sindicato Nacional dos Editores de Livros, RJ.

B453t

Gibran, Khalil, 1883-1931
  Asas partidas / Khalil Gibran ; [tradução Emil Farhat, Tárik de Souza Farhat]. – 1. ed. – Rio de Janeiro : Record, 2021.
  112 p. ; 21 cm.

  Tradução de: Al-Ajniha Al-Mutakassira
  ISBN 978-65-5587-313-9

  1. Romance libanês. I. Farhat, Emil. II. Farhat, Tárik de Souza. III. Título.

21-71658

CDD: 892.73
CDU: 82-31(569.3)

Meri Gleice Rodrigues de Souza - Bibliotecária - CRB-7/6439

Título original árabe: AL-AJNIHA AL-MUTAKASSIRA

Copyright da tradução © by Distribuidora Record de Serviços de Imprensa S.A.

Texto revisado segundo o novo Acordo Ortográfico da Língua Portuguesa.

Todos os direitos reservados. Proibida a reprodução, no todo ou em parte, através de quaisquer meios.

Direitos exclusivos de publicação em língua portuguesa somente para o Brasil adquiridos pela
EDITORA RECORD LTDA.
Rua Argentina, 171 – Rio de Janeiro, RJ – 20921-380 – Tel.: 2585-2000, que se reserva a propriedade literária desta tradução.

Atendimento e venda direta ao leitor:
sac@record.com.br

Seja um leitor preferencial Record.
Cadastre-se e receba informações sobre nossos lançamentos e nossas promoções.

EDITORA AFILIADA

Impresso no Brasil
2021

Para aquele que encara o sol com olhos fixos e agarra as chamas com mãos firmes e que ouve a sintonia espiritual da Eternidade por trás dos sofrimentos clamorosos dos cegos.

A M.E.H. dedico este livro.*

GIBRAN

---

*M.E.H. são as iniciais de Mary E. Haskell, a norte-americana que foi mentora e amiga de Gibran desde 1904 até a morte do poeta. Muitos dos escritos e desenhos de Gibran são dedicados a Mary. (*N. do T.*)

Sumário

Prólogo   9

1. Tristeza muda   13
2. A mão do destino   17
3. O templo   23
4. A tocha branca   29
5. A tempestade   33
6. O lago de fogo   47
7. O trono da morte   67
8. Cristo e Ishtar   83
9. O sacrifício   91
10. O salvador   103

Prólogo

Tinha eu 18 anos quando o amor abriu meus olhos com seus raios mágicos e tocou meu espírito, pela primeira vez, com seus dedos ardentes. E Selma Karamy foi a primeira mulher que despertou meu espírito com sua beleza e conduziu-me ao Éden dos sentimentos sublimes, onde os dias passam como sonhos e as noites, como núpcias.

Selma Karamy foi quem me ensinou a venerar o belo no exemplo de sua própria beleza e revelou-me o segredo do amor em sua afeição; ela foi a primeira a recitar para mim o poema dos mistérios da vida.

Todo jovem relembra seu primeiro amor e tenta recapturar aquele estranho momento, cuja memória muda seus sentimentos mais profundos e o faz tão feliz a despeito de toda a amargura de seu mistério.

Na existência de cada jovem há uma "Selma", que lhe aparece repentinamente, durante a primavera da vida, dá à sua solidão um sentido poético, preenchendo o silêncio de suas noites com a música de sua lembrança.

Eu estava profundamente absorto em pensamento e contemplação e buscava compreender o sentido da natureza e a revelação dos livros e escrituras, quando ouvi o amor sussurrar em meus ouvidos através dos lábios de Selma. Minha vida era monótona, vazia como a de Adão no Paraíso, quando vi Selma em pé diante de mim como uma coluna de luz. Ela era a Eva deste coração repleto de enigmas e singularidades, que o enriqueceu de segredos e desejos e me fez entender o sentido da vida.

A primeira Eva conduziu Adão para fora do Paraíso por sua própria vontade, enquanto Selma me fez entrar voluntariamente no Paraíso do puro amor e da virtude, por sua ternura e carinho. Ainda assim, o que ocorreu ao primeiro homem também aconteceu comigo. E a espada incandescente que expulsou Adão do Paraíso não era diferente da que me aterrorizou com sua lâmina ofuscante e me obrigou a sair do Éden de meu amor, sem que eu fosse culpado de ter desobedecido a qualquer ordem ou nem sequer provado o fruto da árvore proibida.

Hoje, depois de muitos anos, nada me restou daquele belo sonho, exceto lembranças dolorosas esvoaçando, como asas invisíveis, em torno de mim, enchendo as profundezas de meu coração de tristeza e trazendo lágrimas aos meus olhos. E minha amada, a bela Selma, já se foi para além do horizonte azul; e nada foi deixado para homenageá-la, exceto meu coração partido e uma tumba à sombra dos ciprestes. Aquela tumba e este coração são tudo que resta para testemunhar a presença de Selma.

O silêncio que guarda o túmulo não revela o segredo de Deus encerrado nas trevas do ataúde, e o farfalhar dos galhos que se nutrem do corpo não conta os mistérios daquela lápide; só os suspiros agonizantes de meu coração é que anunciam para a vida a tragédia que teve por heróis o amor, a beleza e a morte.

Oh, amigos de minha juventude, que estais dispersos pela cidade de Beirute, quando passardes por aquele cemitério, perto da floresta de pinheiros, entrai nele silenciosamente e caminhai devagar para que vossos passos não perturbem a sonolência da morte; parai humildemente diante do túmulo de Selma e saudai a terra que encobre seu corpo. Mencionai meu nome com um suspiro profundo e dizei para vós mesmos: "Aqui foram enterradas todas as esperanças de Gibran, que está vivendo como um prisioneiro do amor além dos mares. Neste lugar, ele perdeu sua alegria, esgotou suas lágrimas e desaprendeu a sorrir."

Naquele túmulo, cresce a tristeza de Gibran juntamente aos ciprestes e aos salgueiros, e acima da tumba seu espírito tremula todas as noites homenageando Selma, acompanhando os galhos das árvores em triste lamento, deplorando e lastimando a perda de Selma, que, ontem, era um belo acorde nos lábios e, hoje, é um mistério silencioso no coração da terra.

Oh, companheiros de minha juventude! Apelo para vós em nome das mulheres que vossos corações amaram, para que deposites uma coroa de flores no túmulo esquecido de minha amada, pois as flores que depuserdes no túmulo de Selma serão como gotas de orvalho, que as pálpebras da aurora vertem sobre uma rosa sedenta.

1
Tristeza muda

Vós todos lembrais com demorada alegria da aurora da juventude e lamentais que já se vá tão distante; mas lembro-me dela como um prisioneiro que recorda as grades e os grilhões de sua cela. Falais daqueles anos entre a infância e a juventude como uma era de ouro, livre de confinamento e preocupações, mas eu chamo a estes anos uma era de tristeza muda, que caiu como uma semente em meu coração e cresceu com este e não pôde encontrar saída para o mundo da sabedoria e da experiência, até que chegou o amor e abriu as portas do coração e iluminou seus cantos.

O amor proporcionou-me uma linguagem própria e a eloquência das lágrimas. Vós vos lembrais dos jardins e das orquídeas, dos lugares de reunião e das esquinas das ruas que testemunharam vossos divertimentos e ouviram vossos inocentes sussurros; e eu me lembro também daquela bela região do Norte do Líbano.

Cada vez que cerro os olhos, vejo aqueles vales cheios de magia e dignidade e aquelas montanhas cobertas de glórias e grandeza tentando alcançar os céus. Cada vez que fecho os ouvidos ao clamor da cidade, ouço o murmúrio dos riachos e o sussurro das árvores acariciadas pelo vento. Todas essas belezas de que falo agora e que estou saudoso para rever, como uma criança que está ansiosa pelo seio da mãe, feriram o meu espírito encarcerado na escuridão da juventude como um falcão que sofre em sua gaiola, quando vê um bando de pássaros voando livremente pelo céu espaçoso. Aqueles vales e montanhas incendiaram minha imaginação, mas amargos pensamentos teceram uma rede de desesperanças em torno de meu coração.

Todas as vezes que busquei os campos, retornei desapontado, sem entender a causa de minha decepção. Todas as vezes que olhei para o céu cinza, senti meu coração contrair-se. Cada vez que ouvi o gorjeio do melro ou o canto das fontes, sofri, sem entender a razão de meu sofrimento. Está dito que a simplicidade faz o homem vazio e esse vazio o torna despreocupado. Isto pode ser verdade entre aqueles que nasceram mortos e passam por este mundo como seres inertes e insensíveis. Mas o jovem atilado que sente muito e ainda sabe pouco é a criatura mais desafortunada que vive sob o sol, pois é torturado por duas forças. A primeira o eleva e lhe mostra a beleza da existência através de uma nuvem de sonhos; a segunda amarra-o à terra e lhe enche os olhos de pó, deixando-o perdido em meio a intensas trevas.

A solidão tem mãos sedosas, macias, mas com dedos fortes agarra o coração e o faz penar de tristeza. A solidão é aliada da tristeza tanto quanto uma companheira de exaltação espiritual.

A alma do jovem, sofrendo o golpe da tristeza, é como um lírio branco que desabrocha. Ele tremula ante a brisa e abre seu coração ao amanhecer e fecha suas pétalas quando vem a sombra da noite. Se esse jovem não tem prazer, amigos ou companheiros nos seus divertimentos, sua vida será como uma prisão estreita na qual ele nada vê, além de teias de aranha, e nada ouve, além do zumbir ou do rastejar dos insetos.

Aquela tristeza que me acompanhou durante a juventude não era causada pela falta de divertimento, porque eu podia tê-los tido; nem por falta de amigos, porque eu podia tê-los encontrado. Aquela tristeza era causada por um sofrimento interior que me fez amar a solidão. Ela matou em mim a inclinação por prazeres e diversões. Ela decepou dos meus ombros as asas da juventude e me fez, como uma laguna isolada entre montanhas, capaz de refletir na calma de sua superfície as sombras dos fantasmas e as cores das nuvens e das árvores, mas que não consegue encontrar um caminho através do qual suas águas afluam cantando no mar.

Essa era a minha vida, antes que eu atingisse 18 anos. Tal ano foi como um pico de montanha em minha vida, pois ele me despertou para a experiência e me fez entender as vicissitudes do ser humano. Naquele ano eu renasci e, a não ser que uma pessoa nasça de novo, sua vida ficará como uma página em branco no livro da existência. Naquele ano eu vi os anjos do Paraíso olhando para mim através dos olhos de uma bela mulher. Eu também vi os demônios do inferno atormentando o coração de um homem perverso. Aquele que não viu os anjos e os demônios nas belezas e nas maldades da vida priva sua mente de conhecimentos e sua alma de sentimentos.

2
A mão do destino

Na primavera daquele ano maravilhoso, eu estava em Beirute. Os jardins estavam cheios de flores próprias daqueles dias do Nisan e a terra estava atapetada de grama verde, tudo como um milagre terreno desabrochado para os céus. As laranjeiras e as macieiras, tal como bailarinas ou noivas enviadas pela natureza para inspirar os poetas e excitar a imaginação, usavam brancos adornos de perfumadas flores.

A primavera é bela em toda parte, mas é ainda mais bela no Líbano. Há um espírito que vagueia em toda a terra, mas que paira sobre o Líbano, conversando com as almas dos reis e dos profetas, cantando com os rios as canções de Salomão e repetindo com os Sagrados Cedros-do-líbano a lembrança das glórias passadas. Beirute, livre da lama do inverno e da poeira do verão, é como uma noiva na primavera, ou como uma sereia sentada às margens de um riacho, aquecendo sua pele macia sob os raios do sol.

Em um daqueles dias perfumados pelos aromas de abril, fui visitar um amigo cuja casa ficava a pouca distância da encantadora cidade. Quando estávamos conversando, um homem de aparência distinta, de cerca de 65 anos, entrou na casa. Assim que me levantei para saudá-lo, meu amigo apresentou-o a mim como Farris Effandi Karamy e, ao mencionar meu nome ao visitante, fê-lo com palavras elogiosas. O ancião olhou-me por um momento tocando repetidamente a testa com a ponta dos dedos como se estivesse tentando despertar a memória. E logo se dirigiu a mim com um sorriso, dizendo:

— Você é filho de um querido amigo meu, e sinto-me contente de ver este amigo em sua pessoa.

Bastante comovido com suas palavras, fui atraído por ele como um pássaro cujo instinto o guia para o ninho antes da vinda da tempestade. Ao sentarmo-nos, ele nos falou de sua amizade com meu pai, relembrando o tempo que passaram juntos. Um homem idoso gosta de fazer passar pela memória os dias da juventude, como um estrangeiro que anseia retornar à sua terra natal. Ele se delicia em contar histórias do passado, como um poeta que sente prazer em recitar seus mais belos poemas. Ele vive espiritualmente no passado, porque o presente se escoa com rapidez e o futuro lhe parece terminar no esquecimento da sepultura.

Durante uma hora inteira velhas lembranças estamparam-se para nós como as sombras das árvores sobre a relva. Quando Farris Effandi resolveu partir, ele colocou sua mão esquerda sobre meu ombro e, apertando-me a mão direita, disse:

— Não vejo seu pai há vinte anos. Espero que você tome seu lugar visitando frequentemente minha casa.

Eu prometi, agradecido, cumprir com meu dever a um amigo querido de meu pai.

Quando aquele senhor partiu, pedi a meu amigo que me contasse mais a seu respeito. Ele disse:

— Não conheço nenhum outro homem em Beirute cuja riqueza tivesse tornado bondoso e cuja bondade tivesse tornado rico. Ele é um dos poucos que vieram a este mundo e o deixarão sem ter prejudicado a quem quer que seja. Mas pessoas desse tipo acabam geralmente pobres e deprimidas porque não são bastante espertas para salvarem-se da perversidade humana. Farris Effandi tem uma filha cujo caráter é semelhante ao seu e cuja beleza e graciosidade estão acima de qualquer descrição, e ela também será infeliz, porque a riqueza de seu pai já a está colocando à beira de um horrível precipício.

Assim que meu amigo proferiu essas palavras, notei que seu rosto se tornou sombrio. Então prosseguiu:

— Farris Effandi é um bom velho e tem um coração nobre, mas lhe falta força de vontade. As pessoas o influenciam, como se fosse um cego. Sua filha o obedece a despeito de seu orgulho e inteligência, e este é o segredo que se oculta na vida de pai e filha. Esse segredo foi descoberto por um homem mau, um bispo, e sua perversão protege-se à sombra do Evangelho. Ele faz o povo acreditar que é bom e nobre. Ele é o chefe da religião nessa terra de crentes. As almas e os corpos se inclinam diante dele como as ovelhas se entregam ao açougueiro. Esse bispo tem um sobrinho, um monstro de ódio e corrupção.

"Mais cedo ou mais tarde, virá o dia em que ele colocará seu sobrinho à direita e a filha de Farris Effandi à esquerda e, segurando com sua mão perversa a grinalda de matrimônio sobre suas cabeças, unirá uma virgem pura a um degenerado imundo, como se colocasse o coração do dia na negritude da noite. Isso é tudo, portanto, que lhe posso contar a respeito de Farris Effandi e sua filha. Não me pergunte mais nada."

Dizendo isso, meu amigo voltou-se para a janela como se estivesse tentando resolver os problemas da existência humana, concentrando-se na contemplação da beleza do universo.

Ao deixar a casa, disse a meu amigo que iria visitar Farris Effandi dali a alguns dias com o propósito de não apenas cumprir minha promessa mas também por causa da amizade que o unira a meu pai. Meu amigo fitou-me por um instante e notei uma repentina mudança em sua fisionomia, como se minhas poucas palavras lhe tivessem sugerido uma ideia nova. Olhou-me, então, diretamente dentro de meus olhos de um modo estranho; um olhar de amizade, agradecimento e medo – o olhar de um profeta que prevê o que ninguém mais poderia prognosticar. Nesse instante, seus lábios tremeram um pouco, mas ele nada disse quando me encaminhei para a porta.

Aquele estranho olhar seguiu-me. Mas só muito mais tarde pude entender seu significado, depois de orientar-me no mundo da convivência, quando os corações se compreendem intuitivamente e os espíritos já se amadureceram pela longa experiência da vida.

3

O templo

Em poucos dias a solidão venceu-me e cansei--me da face carrancuda dos livros; aluguei uma carruagem e parti para a casa de Farris Effandi. Quando atingi as florestas de pinheiros onde as pessoas fazem piqueniques, o cocheiro tomou uma estrada particular sombreada por salgueiros dos dois lados. Passando por ela podíamos ver a beleza da grama verde, as parreiras e as muitas flores coloridas que desabrochavam exatamente naqueles dias de abril.

Minutos depois a carruagem parava diante de uma casa solitária no centro de um belo jardim. O aroma de rosas, gardênias e jasmins enchia o ar. Assim que desci, penetrei no quintal espaçoso e vi Farris Effandi, que vinha ao meu encontro. Ele levou-me para dentro de casa com uma cordial acolhida e sentou-se diante de mim como um pai feliz ao ver seu filho, despejando-me perguntas sobre minha vida, o futuro e minha educação. Eu lhe respondi com minha voz repleta de ambição e cuidado; pois escutava soar em meus ouvidos o hino da glória e singrava o mar calmo dos sonhos esperançosos. Neste instante uma linda jovem, trajando um fino vestido de seda branca, apareceu por trás das cortinas de veludo da porta e veio em minha direção. Farris Effandi e eu nos levantamos de nossas cadeiras.

— Esta é minha filha Selma – disse o velho homem. Então me apresentou a ela dizendo: – O destino trouxe de volta um velho amigo querido na pessoa de seu filho.

Selma fitou-me por um momento, como se ainda duvidasse que um visitante pudesse ter entrado em sua casa. Quando toquei sua mão, sentia-a como um lírio branco, e uma estranha angústia me comprimira o coração.

Sentamo-nos silenciosamente, como se Selma tivesse trazido consigo um espírito divino, merecedor de mudo respeito. Sentindo o silêncio, ela sorriu para mim e disse:

— Meu pai muitas vezes repetiu-me histórias de sua juventude e dos velhos dias que ele e seu pai passaram juntos. Se seu pai falava-lhe também desse tempo, então esta não é a primeira vez em que nos encontramos.

O velho senhor pareceu encantado ao ouvir a filha falar desse modo e observou:

— Selma é muito sentimental. Ela vê tudo através dos olhos do espírito. – Então ele retomou sua conversa com cuidado e tato, como se tivesse encontrado em mim um meio mágico que o levava pelas asas da memória para os dias do passado.

Como eu o contemplasse naqueles seus sonhos sobre meus próprios anos passados, ele me olhou como uma árvore altiva e idosa que já conheceu as primaveras e os invernos da vida e sabe receber as tempestades, e ao sol brilhante lança sua sombra sobre o pequeno arbusto que treme ante a brisa da aurora.

Mas Selma permanecia calada. Ocasionalmente ela olhava, inicialmente para mim, depois para seu pai, como se estivesse lendo o primeiro e o último capítulos do drama da vida. O dia passou rápido naquele jardim, e pude ver pela janela o dourado beijo espectral do poente sobre as montanhas do Líbano. Farris Effandi continuou a relembrar suas experiências enquanto eu o ouvia extasiado e correspondia com tal entusiasmo que seu desalento se transformava em felicidade.

Selma, sentada à janela, contemplava-nos com olhos cheios de tristeza e não falava, embora a beleza tenha sua própria linguagem divina, mais sublime que as vozes das gargantas e dos lábios. É uma linguagem indefinida, comum a todos os seres humanos, como um lago calmo que recebe os regatos sussurrantes em sua profundidade e os absorve no silêncio.

Somente nossos espíritos podem entender a beleza ou viver e crescer com ela. Ela confunde nossas mentes, somos incapazes de descrevê-la em palavras, é uma sensação que nossos olhos não podem ver, derivada de ambos: o que admira e o que é admirado. A beleza verdadeira é um raio que emana da parte mais sagrada do espírito e ilumina o corpo, como a vida, que vem das profundezas da terra e dá cor e aroma à flor.

A beleza verdadeira reside na harmonia espontânea entre um homem e uma mulher e produz aquela ternura indeferível que chamamos amor.

Será que meu espírito e o de Selma se alcançaram naquele dia quando nos encontramos, e amando-a me fez vê-la como a mais linda mulher sobre a terra? Ou eu estava embriagado pelo vinho da juventude que me fez imaginar o que nunca existiu?

Terá minha juventude cegado os meus olhos e me feito imaginar o brilho do seu olhar, a doçura de seus lábios e a graça de sua imagem? Ou será que seu brilho, doçura e graça abriram-me o coração e me mostraram a felicidade e a tristeza do amor?

É difícil responder a essas perguntas, mas digo sinceramente que, naquele instante, senti uma emoção que nunca tinha experimentado antes, uma nova afeição repousando calmamente em meu coração, como o espírito pairando sobre as águas na criação do mundo; e daquela afeição nasceram minha felicidade e meu infortúnio. Assim passaram-se as horas de meu primeiro encontro com Selma, e assim a vontade dos céus libertou-me da servidão da juventude e da solidão e me deixou acompanhar a procissão do amor.

O amor é a única liberdade do mundo, porque eleva tanto o espírito que as leis da humanidade e o fenômeno da natureza não podem alterar seu curso.

Quando me levantei para sair, Farris Effandi aproximou-se de mim e disse seriamente:

— Agora, meu filho, que você já sabe o caminho desta casa, você deve vir sempre e sentir-se como se estivesse vindo à casa de seu pai. Considere-me como um pai e Selma como uma irmã.

Ao dizer isso voltou-se para Selma como que para obter confirmação para o que tinha declarado. Ela assentiu com a cabeça e olhou-me como uma pessoa que encontra um velho conhecido.

Aquelas palavras proferidas por Farris Effandi Karamy colocaram-me lado a lado de sua filha, no altar do amor. Aquelas palavras eram uma canção celestial que começou com exaltação e terminaria em tristeza; elas elevaram nossos espíritos ao reino da luz e do calor mais ardente; elas foram a taça em que bebemos a felicidade e a amargura.

Deixei a casa. O velho homem acompanhou-me até o limite do jardim, enquanto meu coração pulsava desordenado, como os lábios trêmulos de um homem sedento.

4
A tocha branca

O mês de Nisan já se tinha quase passado. Continuei a visitar a casa de Farris Effandi e a encontrar Selma naquele belo jardim, extasiado com sua beleza, maravilhando-me com sua inteligência e ouvindo o silêncio da tristeza. Sentia uma mão invisível impelindo-me para ela.

Em cada visita descobria um novo significado para sua beleza, uma nova interpretação de seu espírito suave, até que ela se tornou um livro cujas páginas eu podia entender e cujos louvores podia cantar, mas cuja leitura jamais pude terminar. A mulher a quem a Providência dotou de beleza de espírito e de corpo é uma verdade ao mesmo tempo visível e oculta, que só podemos compreender através do amor e que só podemos alcançar por meio da virtude; e, quando tentamos descrever esta mulher, ela desaparece atrás do nevoeiro da hesitação e do equívoco.

Selma era bela física e espiritualmente, mas como poderei descrevê-la para alguém que nunca a vira? Pode um morto lembrar-se do canto de um rouxinol, da fragrância de uma rosa, do murmúrio de um riacho? Poderá um prisioneiro que está contido por pesados grilhões perseguir a brisa da aurora? Não será o silêncio mais doloroso que a morte? Será que o orgulho me impede de descrever Selma com palavras comuns, já que não posso pintá-la fielmente em suas cores luminosas? Um homem faminto num deserto não se recusaria a comer pão seco se o Céu não lhe destinasse maná e codornas.

Em seu vestido de seda branca, Selma era diáfana como um raio de luar penetrante pela janela. Ela caminhava graciosa e ritmicamente. Sua voz era suave e doce; as palavras pendiam de seus lábios como gotas de orvalho caindo das pétalas das flores quando sacudidas pelo vento.

O que dizer do rosto de Selma? Nenhuma palavra poderia descrever sua expressão que reflete, primeiro, grandes sofrimentos interiores e, depois, êxtase celestial.

A beleza do rosto de Selma não era clássica; era como um sonho revelador que não pode ser medido ou limitado ou copiado pelo pincel de um pintor, ou pelo cinzel de um escultor. A beleza de Selma não se encontrava em sua cabeleira dourada, mas na virtude e pureza que a cercavam; nem em seus grandes olhos, mas na luz que deles emanava; não em seus lábios vermelhos, mas na suavidade de suas palavras; não em seu pescoço de marfim, mas na suave ondulação para a frente.

A beleza de Selma também não estava em sua silhueta perfeita, mas na nobreza de seu espírito, que ardia como uma tocha branca entre a terra e o céu. Sua beleza era como uma dádiva de poesia. Entretanto, os poetas são infelizes, pois não importa quão alto alcancem seus espíritos, eles viverão sempre encerrados num envoltório de lágrimas.

Selma pensava mais do que falava, e seu silêncio era uma espécie de música que carregava a pessoa para um mundo de sonhos e a fazia escutar as batidas de seu coração ou ver os fantasmas de seus próprios pensamentos e sentimentos manterem-se de pé, diante de si mesma e fitando-a diretamente nos olhos.

Selma portava um manto de melancolia profunda ao longo da vida, o que aumentava sua estranha beleza e dignidade, igualando-a a uma árvore em flor, que é mais agradável de ser vista através da neblina da aurora.

O infortúnio ligou seu espírito ao meu, como se cada um visse no rosto do outro o que o coração estava sentindo e ouvisse o eco de uma voz interior. Deus criara dois corpos num só, sentíamo-nos realizados quando nos reuníamos e perdidos quando nos separávamos.

Um espírito triste encontra paz quando ligado a um semelhante. Eles se juntam, afetuosamente, como o estranho que se alegra ao encontrar outro estranho numa terra estrangeira. Os corações que se unem por intermédio do infortúnio não serão separados nem pela glória da felicidade. O amor depurado pelas lágrimas quedará eternamente puro e belo.

5
A tempestade

Um dia, Farris Effandi convidou-me para jantar em sua casa. Aceitei, pois meu espírito estava faminto pelo pão divino que o Céu fizera das mãos de Selma, pão espiritual que faz nossos corações mais famintos quanto mais nos alimentamos dele. O mesmo pão que Kais, o poeta árabe, Dante e Safo provaram e que incendiou seus corações; o pão que a Divindade prepara com a suavidade de beijos e a amargura das lágrimas.

Chegando à casa de Farris Effandi, vi Selma sentada num banco de jardim, descansando a cabeça encostada a uma árvore, assemelhando-se a uma noiva em seu vestido de seda branca ou a uma sentinela que guardasse aquele lugar.

De maneira silenciosa e reverente, aproximei-me e sentei-me junto dela. Nada pude falar; então resignei-me ao silêncio, a única linguagem do coração, mas senti que Selma escutava meu mudo chamado e via nos meus olhos os contornos da minha alma trêmula.

Instantes depois, seu velho pai surgia e me saudava da maneira usual. Quando estendeu a mão em minha direção, acreditei que ele estivesse abençoando os segredos que me uniam à sua filha. Ele nos convidou:

— O jantar está pronto, meus filhos; vamos comer.

Levantamo-nos e o seguimos; os olhos de Selma brilhavam, pois um novo sentimento fora acrescentado ao seu amor quando o pai nos chamou "seus filhos".

Sentamo-nos à mesa, saboreando a comida e degustando um bom vinho, mas nossas almas vagavam por um mundo bem distante. Sonhávamos com o futuro e suas preocupações.

Três pessoas separadas em pensamentos, mas unidas pelo amor; três pessoas reunidas por muitos pressentimentos, mas pouca certeza; um drama estava sendo encenado por um velho homem que amava sua filha e se preocupava com sua felicidade, por uma jovem de 20 anos que tentava entrever ansiosamente o futuro, e um rapaz que sonhava e se preocupava e, não havendo ainda provado o vinho da vida nem seu vinagre, tentava alcançar as alturas do amor e da sabedoria, sem conseguir erguer-se do solo.

Sentados ao crepúsculo poente, nós três comíamos e bebíamos naquela casa solitária, protegidos pelos olhos dos Céus; mas no fundo de nossas taças escondiam-se a angústia e a amargura.

Quando acabamos de comer, uma das empregadas anunciou a presença de um homem à porta, que desejava ver Farris Effandi.

— Quem é ele? – perguntou o ancião.

— O mensageiro do Bispo – disse a empregada.

Houve um momento de silêncio durante o qual Farris Effandi ficou de pé frente à sua filha como um profeta que contemplasse os céus para desvendar seu segredo. Depois, Effandi ordenou à empregada:

— Mande-o entrar.

Assim que a mulher se retirou, um homem trajado com roupa oriental e com um grande bigode de pontas retorcidas entrou e saudou o dono da casa, dizendo:

— Sua Eminência, o Bispo, enviou-me em sua carruagem particular; ele deseja discutir um assunto importante com o senhor.

O rosto do ancião anuviou-se e seu sorriso desapareceu. Depois de um momento de profunda meditação, ele se aproximou de mim e disse numa voz amiga:

— Espero encontrá-lo aqui quando voltar, pois Selma apreciará sua companhia neste lugar solitário.

Dizendo isso, voltou-se para a filha e, sorrindo, perguntou se ela estava de acordo. Selma assentiu com a cabeça, mas suas faces se enrubesceram; e, com uma voz mais suave que a música de uma lira, a moça falou:

— Farei o que estiver ao meu alcance, papai, para ser agradável ao nosso visitante.

Selma pôs-se a observar a carruagem que levou seu pai e o mensageiro do Bispo, até que ela desaparecesse. Então ela veio e sentou-se em frente a mim num divã forrado de seda verde. Ela se assemelhava a um lírio inclinado pela brisa da aurora sobre um tapete de grama verde. Foi a vontade dos Céus que determinou que eu ficasse sozinho com Selma, à noite, em sua bela casa, cercada de árvores, onde o silêncio, o amor, a beleza e a virtude conviviam por toda parte.

Estávamos ambos silenciosos, cada qual esperando que o outro iniciasse a conversa, mas conversar não é o único modo de entendimento entre duas almas. Não são as sílabas, que provêm dos lábios e das bocas, que realizam a união dos corações.

Há algo maior e mais puro do que o que as palavras pronunciam. O silêncio ilumina nossas almas, murmura aos nossos corações e os aproxima. O silêncio nos separa de nós mesmos, nos faz singrar o firmamento do espírito e nos leva mais próximos aos Céus; nos faz sentir que os corpos nada mais são que prisões e que esse mundo é apenas um lugar de exílio.

Selma olhou para mim e seus olhos revelaram-me o segredo de seu coração. Então ela disse serenamente:

— Vamos ao jardim, sentar sob as árvores, e esperar a lua surgir por trás das montanhas.

Obedientemente levantei-me da cadeira, mas hesitei.

— Não acha melhor que fiquemos aqui até que a lua tenha saído e ilumine o jardim? A escuridão esconde as árvores e as flores. Nada podemos ver.

Então Selma replicou:

— A escuridão pode esconder as árvores e as flores de nossos olhos, mas não poderá esconder o amor de nossos corações.

Pronunciando essas palavras de um modo marcante, ela desviou o olhar em direção a janela. Permaneci em silêncio, pesando suas palavras e avaliando o verdadeiro significado de cada sílaba. Então ela olhou para mim, como se se arrependesse do que tinha dito e quisesse arrancar aquelas palavras de meus ouvidos com a magia de seus olhos. Mas eles, em vez de me fazerem esquecer o que ela dissera, repetiam nas profundezas de meu coração, mais clara e efetivamente, aquelas doces palavras que já estavam gravadas na minha memória para a eternidade.

Toda a beleza e a grandeza deste mundo podem ser criadas por um simples pensamento ou emoção interior do homem. Tudo que contemplamos hoje, construído por gerações passadas, foi, antes de seu aparecimento, um pensamento na mente de um homem, ou um impulso no coração de uma mulher. As revoluções que derramaram tanto sangue, e impeliram o espírito dos homens em direção à liberdade, foram às vezes o ideal de um simples indivíduo que viveu no meio de milhares de outros. As guerras devastadoras que destruíram impérios partiram de um pensamento que existiu na mente de um só indivíduo. Os ensinamentos supremos, que mudaram o curso da humanidade, foram ideias de um homem cujo gênio o destacou em seu ambiente. Um simples pensamento construiu as pirâmides, fundou a glória do Islã e determinou o incêndio da biblioteca de Alexandria.

Um pensamento pode ocorrer-lhe à noite, fazê-lo alçar-se até a glória ou conduzi-lo ao manicômio. Um simples olhar de mulher poderá fazê-lo o homem mais feliz do mundo. Uma palavra dos lábios de um homem é capaz de tornar outro rico ou pobre.

A palavra que Selma pronunciou aquela noite prendeu-me entre o passado e o futuro, como um barco que ficasse ancorado no meio do oceano. Aquela palavra acordou-me da sonolência da juventude e da solidão e colocou-me no palco, onde a vida e a morte representam seus papéis.

O aroma das flores misturava-se à brisa, quando fomos ao jardim e nos sentamos silenciosamente num banco próximo a um jasmineiro, sentindo a respiração da natureza adormecida, enquanto no céu azul os olhos do firmamento testemunhavam nosso drama.

A lua alçou-se por trás do Monte Sunnin e iluminou a costa, as colinas e as montanhas; e pudemos ver as vilas orlando o vale como aparições que surgissem de repente e do nada. Podíamos contemplar a beleza de todo o Líbano sob os raios prateados da lua.

Os poetas do Ocidente imaginam o Líbano como um lugar lendário, abandonado desde a passagem de Davi, Salomão e os Profetas, assim como o jardim do Éden, que se perdeu após a expulsão de Adão e Eva. Para esses poetas ocidentais, a palavra "Líbano" é uma expressão poética associada a uma montanha cujos flancos vivem impregnados pelo incenso dos Sagrados Cedro-do-líbano. Essa palavra os lembra dos templos de mármore erguidos sólida e inexpugnavelmente, e de bandos de cervos alimentando-se nos vales. Aquela noite eu vi o Líbano como um sonho, com olhos de poeta.

Pois a aparência das coisas muda de acordo com as emoções, e vemos surpresas e beleza nelas, quando a magia e a beleza estão realmente em nós.

Como o reflexo da lua iluminasse o rosto, o pescoço e os braços de Selma, ela parecia uma estátua de marfim, esculpida pelas mãos de algum adorador de Ishtar, deusa da beleza e do amor. Quando olhou para mim, perguntou:

— Por que você está calado? Por que não me diz nada sobre seu passado?

Quando a encarei firmemente, minha mudez desapareceu e pude então dizer-lhe:

— Você não ouviu o que lhe disse quando viemos para este pomar? O espírito que ouve o murmúrio das flores e o canto do silêncio também pode ouvir o grito de minha alma e o clamor de meu coração.

Ela cobriu o rosto com as mãos e disse em voz trêmula:

— Sim, eu o ouvi; ouvi uma voz que vinha do fundo da noite e um clamor que atormentava o coração do dia.

Esquecendo meu passado, minha própria existência – tudo, exceto Selma –, respondi-lhe:

— E eu também a ouvi, Selma. Ouvi uma alegre música palpitando no ar e fazendo com que todo o universo estremecesse.

Ao escutar essas palavras, ela cerrou os olhos e percebi em seus lábios um sorriso de alegria entremeado de tristeza. A jovem murmurou docemente:

— Agora sei que existe algo mais alto que o céu e mais profundo que o oceano e mais forte que a vida e a morte. Agora sei o que não sabia antes.

Naquele instante, Selma tornou-se mais querida que uma amiga, mais íntima que uma irmã e mais desejada que uma amada. Ela se tornou um pensamento supremo, um sonho de beleza, uma emoção sobrenatural vivendo em meu espírito.

É errado pensar que o amor provém de longa convivência e de uma corte perseverante. O amor é a consequência de uma afinidade espiritual e, a não ser que essa afinidade se demonstre num instante, jamais será criada em anos ou mesmo em gerações.

Então Selma levantou a cabeça e, olhando para o horizonte, onde o Monte Sunnin encontra o céu, afirmou:

— Ontem você era como um irmão para mim, com quem eu vivia e junto de quem me sentava tranquilamente, sob os cuidados de meu pai. Agora sinto a presença de algo mais estranho e mais terno que a afeição fraternal, uma simultânea vinda do amor e do medo, que enche meu coração de tristeza e alegria.

Respondi:

— Essa emoção que tememos e que nos estremece quando perpassa nossos corações é a lei da natureza que guia a lua em torno da Terra e o sol em torno de Deus.

Ela colocou a mão em minha cabeça e entrançou os dedos em meus cabelos. Seu rosto iluminou-se e as lágrimas escorreram de seus olhos como gotas de orvalho nas pétalas de um lírio, e ela murmurou:

— Quem acreditaria em nossa história? Quem acreditaria que, na hora que separa o pôr do sol do nascer da lua, superamos os obstáculos da dúvida? Quem acreditaria que o mês de Nisan, que nos uniu pela primeira vez, é o mesmo que nos viu chegar ao santuário mais sublime da vida?

Sua mão continuava sobre minha cabeça enquanto Selma falava; e eu não trocaria por uma coroa real, nem por uma auréola de glórias, aquela mão macia e bela, cujos dedos estavam enleados em meus cabelos.

Respondi então à jovem:

— As pessoas não acreditarão em nossa história, porque eles não sabem que o amor é a única flor que brota e se entreabre sem a ajuda das estações; mas teria sido o Nisan que nos uniu pela primeira vez, e foi a força dessa hora que nos fez chegar ao santuário da vida? Não foi a mão de Deus que aproximou nossas almas antes mesmo do nascimento e nos fez prisioneiros um do outro para todos os dias e noites? A vida de homem não começa no ventre materno e nunca termina na sepultura; pois este firmamento, repleto de luar e estrelas, não está deserto de almas amantes e espíritos contemplativos.

Assim que ela retirou a mão de minha cabeça, senti uma espécie de estremecimento elétrico nas raízes de meus cabelos, uma doce vibração que se mesclava à brisa noturna. Como um devotado adorador que alcança sua bênção ao beijar o altar de um santuário, tomei a mão de Selma e, premindo-a com meus lábios quentes, beijei-a longamente, um beijo cuja lembrança acalma meu coração e ressuscita por sua doçura toda a virtude de meu espírito.

Decorreu uma hora; uma hora da qual cada minuto foi um ano de amor. O silêncio da noite, o luar, as flores e as árvores nos fizeram esquecer toda a realidade, exceto o amor, quando subitamente ouvimos um tropel de cavalos e o ranger das rodas de uma carruagem.

Despertados de nosso agradável devaneio e arrancados do mundo dos sonhos para o mundo da perplexidade e infelicidade, percebemos que o velho homem retornara de sua missão. Levantamo-nos e nos encaminhamos para o pomar a fim de ir ao seu encontro.

Quando a carruagem atingiu a entrada do jardim, Farris Effandi desceu e encaminhou-se devagar em nossa direção, ligeiramente curvado para diante como se carregasse um peso imenso. Ele dirigiu-se a Selma e passou ambas as mãos nos seus ombros, parando diante dela. Lágrimas desciam de suas faces enrugadas e seus lábios tremiam com um triste sorriso. Com voz abafada, disse:

— Minha amada Selma, muito cedo você será apartada dos braços de seu pai para os de outro homem. Muito cedo o destino a levará desta casa solitária para a espaçosa corte do mundo, e este jardim sentirá falta da pressão de seus passos, e seu pai se tornará um estranho para você. O destino já se manifestou: que o Céu te abençoe e proteja.

Ao ouvir essas palavras o rosto de Selma tornou-se sombrio e seus olhos paralisaram-se como se ela sentisse uma premonição da morte. Então, a jovem gritou como um pássaro ferido, sofrendo, e gemeu com voz abafada:

— O que diz o senhor? O que quer dizer com isso? Para onde vai me mandar?

E fitou-o inquisidoramente, tentando descobrir seu segredo. Subitamente ela disse:

— Eu compreendo, eu compreendo tudo. O Bispo pediu-lhe minha mão, ao senhor, e já tem preparada uma gaiola para esse pássaro de asas partidas. É esta a sua vontade, meu pai?

Sua resposta foi um profundo suspiro. Ternamente levou Selma para dentro de casa, e permaneci de pé no jardim enquanto ondas de perplexidade me sacudiam como uma tempestade sacode as folhas do outono. Então, eu os segui até a entrada da sala e, para evitar constrangimentos, apertei a mão do velho Karamy, olhei ainda uma vez para Selma, minha bela estrela, e deixei a casa.

Ao atingir o fim do jardim, ouvi o pai chamando-me e voltei-me ao seu encontro. Tomou-me da mão e desculpou-se:

— Perdoe-me, meu filho. Estraguei sua noite ao derramar aquelas lágrimas, mas venha por favor visitar-me quando minha casa estiver deserta e eu só e desesperado. A juventude, caro filho, não combina com a senilidade, tal como a manhã que nunca se mistura com a noite; mas você virá e trará para minha memória os dias joviais, que vivi com seu pai, e me narrará as novidades da vida, pois ela já não me conta mais entre seus filhos. Você não me visitará mais quando Selma partir e eu for deixado em solidão?

Enquanto ele dizia essas tristes palavras, e eu silenciosamente ainda o cumprimentava, senti lágrimas quentes caindo de seus olhos sobre minha mão. Trêmulo de tristeza e afeição filial, senti como se meu coração tivesse sido paralisado pela dor. Quando levantei a cabeça e ele viu que suas lágrimas provocavam minhas lágrimas, inclinou-se em minha direção e tocou-me a testa com os lábios:

— Adeus, meu filho, adeus.

A lágrima de um homem idoso é mais forte que a de um jovem, porque é um último resíduo de vida num corpo já enfraquecido. A lágrima de um jovem é como uma gota de orvalho numa pétala de rosa, enquanto a de um homem idoso é como uma folha amarelecida do outono, que cai com o vento à aproximação do inverno.

Quando deixei a casa de Farris Effandi Karamy, a voz de Selma ainda me soava nos ouvidos, sua beleza seguia-me como um fantasma, e as lágrimas de seu pai secavam lentamente em minha mão.

Parti como Adão abandonando o Paraíso, mas a Eva de meu coração não estava comigo, para fazer do mundo inteiro um novo Éden. Aquela noite, em que nasci de novo, senti que tinha visto o rosto da morte pela primeira vez.

Era tudo como o sol que reanima, ou mata, os campos com seu calor.

6
O lago de fogo

Tudo o que o homem faz secretamente, na escuridão da noite, será claramente revelado à luz do dia. Palavras murmuradas em confidência tornar-se-ão inesperadamente conversação generalizada. Atos que escondemos hoje nos recônditos de nossos lares serão proclamados amanhã por todas as ruas.

Assim as sombras da noite revelaram a finalidade do encontro do Bispo Bulos Galib com Farris Effandi Karamy, e seus entendimentos foram repetidos por toda a vizinhança até atingirem meus ouvidos.

A discussão que teve lugar entre o Bispo Bulos Galib e Farris Effandi aquela noite não foi sobre os problemas dos pobres ou das viúvas e órfãos. O principal propósito do Bispo ao procurar Farris

Effandi e trazê-lo em sua carruagem particular foi pedir-lhe Selma por esposa de seu sobrinho, Mansour Bey Galib.

Selma era a única filha do rico Farris Effandi, e a escolha do Bispo recaiu sobre ela, não por motivos de sua beleza e nobreza de espírito, mas por causa do dinheiro de seu pai, que garantiria a Mansour Bey uma fortuna boa e próspera e o faria um homem importante.

Os chefes de religião do Oriente não se contentam com a própria prosperidade, mas se empenham em fazer todos os membros de suas famílias superiores e dominadores. A glória de um príncipe transmite-se para seu filho primogênito por herança, mas a ascensão de um chefe religioso tem de beneficiar também seus irmãos e sobrinhos. Assim o bispo cristão, o muçulmano e o sacerdote brâmane tornam-se como polvos, que agarram sua presa com muitos tentáculos e sugam seu sangue por numerosas bocas.

Quando o Bispo pediu a mão de Selma para o sobrinho, a única resposta que recebeu do velho Karamy foi um profundo silêncio e lágrimas que caíam, porque ele odiava perder sua única filha. A alma de qualquer homem se abala quando ele se separa de sua filha única, de quem ele sempre cuidara até a juventude.

A tristeza dos pais no casamento de uma filha é igual à sua alegria no casamento de um filho, pois o filho traz um novo membro para a família, enquanto que uma filha, após o casamento, está perdida para eles.

Farris Effandi, contrariado, concordou com o pedido do Bispo, atendendo relutantemente a seu desejo, pois conhecia muito bem o sobrinho do Bispo, sabia que este era perigoso, cheio de ódio, perversidade e corrupção.

No velho Líbano, nenhum cristão podia opor-se a seu bispo e manter-se em boa situação social. Nenhum homem poderia desobedecer seu chefe religioso e manter sua reputação. Tal como o olho que não poderia resistir a um golpe de lança sem ser perfurado, e a mão que não poderia agarrar a lâmina de uma espada sem ser cortada por ela.

Suponhamos que Farris Effandi tivesse resistido ao Bispo e se recusado a atendê-lo; então a reputação de Selma se teria arruinado e seu nome se teria difamado pelo que há de mais imundo nos lábios e nas línguas. Pois, na opinião da raposa, os altos cachos de uvas que por ela não podem ser alcançados são azedos.

Assim o destino aprisionou Selma e conduziu-a como uma escrava humilhada na procissão da miserável mulher oriental, e deste modo fez cair aquele nobre espírito na armadilha, após ter voado livremente nas asas brancas do amor, num céu enluarado e perfumado pelo aroma das flores.

Em alguns países, a riqueza dos pais é uma fonte de infortúnios para os filhos. O amplo e blindado repositório que os pais criaram conjuntamente para proteção de seus bens torna-se uma prisão estreita e escura para as almas de seus herdeiros. O dinheiro todo-poderoso que o povo adora torna-se um demônio que pune o espírito e insensibiliza o coração. Selma Karamy foi uma dessas vítimas da riqueza dos pais e da cupidez do noivo. Não fosse a prosperidade de seu pai, Selma ainda estaria vivendo feliz.

Uma semana se tinha passado. O amor de Selma era meu único entretenimento, inspirando-me canções de alegria à noite e acordando-me ao amanhecer para revelar-me o significado da vida e os segredos da natureza. Era um amor paradisíaco, pois, livre do ciúme, era substancioso e benéfico ao espírito. E era profunda afinidade que fazia a alma sobrenadar em contentamento; uma fonte profunda de afeição que, quando satisfeita, inundava o coração de bondade; uma ternura que criava a esperança sem agitar a alma e transformava a terra em paraíso e a vida em um sonho doce e belo. Pela manhã, quando andava pelos campos, eu via a presença da Eternidade no acordar da natureza, e quando me sentava na praia ouvia as ondas cantando a canção dos milênios. Quando caminhava pelas ruas, eu via a beleza da vida e o esplendor da humanidade no rosto dos transeuntes e na movimentação dos trabalhadores.

Aqueles dias passaram como fantasmas e desapareceram como nuvens, e logo nada restara para mim a não ser tristes lembranças. Os olhos, que tinham visto o esplendor da primavera e o amanhecer da natureza, nada mais enxergavam a não ser a fúria da tempestade e a desolação do inverno. Os ouvidos, que outrora escutavam com deleite as canções das ondas, só podiam apreender o rugido do vento e o furor do mar contra o penhasco. A alma, que tinha observado com alegria o vigor incansável da humanidade e a glória do universo, estava torturada pela decepção e fracasso. Nada fora mais bonito que aqueles dias de amor e nada era mais amargo que aquelas horríveis noites de tristeza.

Quando não mais pude resistir ao impulso, fui, no fim de semana, uma vez mais à casa de Selma – o altar que a beleza ergueu e que o amor abençoou, e onde o espírito podia adorar e o coração ajoelhar-se humildemente e rezar. Quando entrei no jardim, senti como que uma força me alçando deste mundo e colocando-me numa região sobrenatural, livre de disputas e de preocupações. Como um místico que recebe uma revelação do Céu, vi-me entre árvores e flores, e, assim que me aproximei da entrada da casa, deparei-me com Selma sentada no banco à sombra de um jasmineiro, o mesmo em que tínhamos sentado na semana anterior, naquela noite que a Providência escolhera para começo da minha felicidade e tristeza.

Ela não falou, nem se moveu, quando me aproximei. Selma pareceu ter percebido intuitivamente que eu me aproximava e, quando me sentei a seu lado, ela me observou por um momento e suspirou profundamente, movendo depois a cabeça para fitar fixamente o céu. Depois de um momento imerso em mágico silêncio, ela se voltou para mim e, trêmula, pegou minha mão, balbuciando com voz fraca:

— Olhe para mim, meu amigo; examine meu rosto e leia nele aquilo que você quer saber e que não posso contar. Olhe para mim, meu amado... olhe para mim, meu irmão.

Encarei-a firmemente e observei que aqueles olhos, que poucos dias antes sorriam como lábios e que se moviam como asas de um rouxinol, já estavam murchos e imobilizados pela tristeza e pela dor. Seu rosto, que parecia desabrochar em pétalas de lírio beijadas pelo sol, tinha empalidecido e se tornara sem cor. Seus lábios suaves eram como duas rosas definhadas que, com o outono, tinham fenecido nos galhos. Seu pescoço, que fora como uma coluna de marfim, pendia para a frente, como se não mais pudesse suportar o peso da dor que carregava na cabeça.

Pressenti essas mudanças no rosto de Selma, mas para mim elas eram como uma nuvem que passa e cobre a face da lua e a deixa mais bela. Um olhar que revela força interior acrescenta mais beleza ao rosto, não importa de quanta tragédia e dor ele fale; mas o rosto que em silêncio não prenuncia mistérios não é belo, seja qual for a simetria harmoniosa de suas feições. A taça não atrai nossos lábios, a menos que se veja a cor do vinho através da transparência do cristal. Selma, aquela noite, era como uma taça cheia de vinho celeste, na qual se misturavam o amargor e a doçura da vida. Sem o saber, ela simbolizava naquele momento a antiga mulher oriental, que nunca deixa a casa dos pais até que se coloque em seu pescoço o pesado grilhão de seu marido; a jovem que nunca deixava os braços afetuosos de sua mãe, até que tivesse de viver como escrava suportando a hostilidade da sogra.

Continuei a contemplar Selma e a ouvir seu espírito deprimido e a sofrer com ela, até sentir que o tempo tinha parado e que o universo cessara de existir. Eu somente conseguia perceber seus dois grandes olhos olhando-me fixamente e sentir sua mão fria e trêmula segurando a minha

Acordei de meu delírio, ouvindo Selma dizer mansamente:

— Venha, meu amado, vamos discutir sobre o terrível futuro, antes que ele sobrevenha. Meu pai saiu de casa para encontrar-se com o homem que será meu companheiro até a morte. Meu pai, que Deus escolheu de propósito para minha existência, encontrar-se-á com o homem que o mundo determinou ser meu amo pelo resto da vida. No coração desta cidade, o velho homem que me acompanhou durante minha juventude encontrar-se-á com o jovem que será meu companheiro nos anos vindouros. Esta noite as duas famílias ajustarão a data do casamento que será próximo demais, não importa quão distante. Que momento estranho e impressionante! Na semana passada, a esta hora, sob este jasmineiro, o amor envolveu minha alma pela primeira vez, enquanto o destino escrevia a primeira palavra da história de minha vida na mansão do Bispo. Agora, enquanto meu pai e meu pretendente estão planejando tudo para o dia do casamento, vejo seu espírito, meu amigo, agitando-se em torno de mim como um pássaro sedento que voa sobre uma fonte de água guardada por uma serpente faminta. Oh! Como esta noite é grande! E quão profundo é seu mistério!

Ouvindo essas palavras, senti que o negro fantasma do desânimo total estava envolvendo nosso amor para sufocá-lo em seu nascedouro e respondi a Selma:

— Esse pássaro continuará voejando em torno da fonte, até que a sede o destrua ou que caia nas garras da serpente e se torne sua presa.

Ela retrucou:

— Não, meu amado, esse rouxinol deve permanecer vivo e cantar até que a escuridão venha, até que a fonte se extinga, até o fim do mundo, e permanecer cantando eternamente. Sua voz não deve ser silenciada, porque me traz alento, suas asas não devem ser quebradas, pois seu movimento afasta as nuvens de meu coração.

Murmurei, então:

— Selma, minha amada, a sede o extenuará, e o medo o matará.

Ela imediatamente replicou com os lábios trêmulos:

— A sede da alma é mais suave que o vinho feito de coisas materiais, e o medo do espírito é mais precioso que a segurança do corpo. Porém, ouça, meu querido, ouça com cuidado, eu estou hoje às portas de uma nova vida, da qual nada sei. Sou como uma cega que tateia seu caminho, de modo a não cair. A riqueza de meu pai colocou-me no mercado de escravos, e este homem me comprou. Não o conheço, nem o amo, mas devo aprender a amá-lo, devo obedecê-lo, servi-lo e devo fazê-lo feliz. Devo dar a ele tudo que uma fraca mulher deve a um homem forte.

"Mas você, meu amado, ainda está no começo da existência. Você pode caminhar livremente pelas amplas alamedas da vida, atapetada de flores. Você é livre para atravessar o mundo, fazendo de seu coração uma tocha para iluminar-lhe o caminho. Você pode pensar, falar e agir livremente; você pode escrever seu nome no rosto da vida, porque é homem; você pode viver como senhor, porque o dinheiro de seu pai não o colocará no mercado de escravos para ser comprado e vendido; você pode casar-se com a mulher que escolher e, antes mesmo que ela more em sua casa, pode admiti-la em seu coração e fazer-lhe despreocupadamente suas confidências."

Por um momento houve um marcante silêncio, e Selma acrescentou:

— Mas será que a vida agora nos atingirá diversamente, de modo que você venha a conhecer a glória do homem e eu, o fardo da mulher? Será para isso que o vale oculta, em suas profundezas, a canção do rouxinol, e o vento dispersa as pétalas da rosa, e os pés pisoteiam a taça de vinho? Teriam sido em vão todas essas noites que passamos sob o jasmineiro ao luar, e nas quais nossas almas se uniram? Será que voamos demasiado rápido em direção às estrelas exaurindo nossas asas, e agora nos despencamos pelo abismo? Ou será que quando o amor caminhou até nós estava adormecido e, ao acordar, enfureceu-se e decidiu punir-nos? Ou será que nossos espíritos transformaram a brisa noturna em furacão que nos rompeu em pedaços e nos varreu como pó para o fundo do vale?

"Não desobedecemos nenhum mandamento, nem provamos do fruto proibido; o que será então que nos está expulsando do Paraíso? Nunca conspiramos, nem nos amotinamos; por que, então, estamos descendo ao inferno? Não, não, os momentos que nos uniram são mais que séculos, e a luz que iluminou nossos espíritos é mais forte que a treva; se a borrasca nos separa nesse oceano encapelado, as ondas nos unirão na praia calma; e se essa vida nos destrói, a morte nos unirá.

"Um coração de mulher não se transforma com a simples mudança do tempo ou da estação; mesmo sentenciado à morte eterna, ele nunca perecerá. Um coração de mulher é como a campina transformada em campo de batalha; após as árvores terem sido destroçadas e a relva haver sido queimada, e as rochas tintas de sangue e a terra semeada de ossos e crânios, a pradaria mostra-se calma e silente, como se nada tivesse acontecido; pois o outono e a primavera retornam nos seus períodos e recomeçam sua obra.

"Agora, meu amado, que devemos fazer? Como nos separaremos e quando nos encontraremos? Deveremos considerar o amor um estranho visitante que nos chegou à noite e deixou-nos pela manhã? Ou devemos supor que esta afeição é uma ilusão que nos veio durante o sono e partiu quando acordamos?

"Deveremos considerar esta semana um momento de embriaguez, que precisa ser substituído pela temperança? Levante a cabeça e deixe-me olhar para você, meu amado; mova os lábios e deixe-me ouvir sua voz. Fale. Cante. Converse. Você ainda se lembrará de mim depois desta tempestade que naufragou o barco de nosso amor? Você ouvirá o ruído de minhas asas no silêncio da noite? Você ouvirá meu espírito agitando-se sobre você? Escutará meus suspiros? Verá minha sombra aproximar-se com as sombras do anoitecer e desaparecer com o rubor da aurora? Diga-me, meu amado, o que será você, após ter sido um raio mágico para meus olhos, uma doce canção para meus ouvidos e asas para minha alma? O que será você?"

Ouvindo essas palavras, meu coração enterneceu-se, e eu respondi a Selma:

— Serei o que você quiser que eu seja, minha querida.

Então ela murmurou:

— Quero que você me ame, como um poeta ama seus tristes pensamentos. Quero que você se lembre de mim como um viajante se lembra de uma lagoa tranquila na qual sua imagem se refletia enquanto ele se dessedentava. Quero que você se lembre de mim como uma mãe se recorda do filho que morreu antes de ver a luz; e quero que você se recorde de mim como um rei misericordioso que lembra do prisioneiro que morreu antes que seu perdão o alcançasse. Quero que você seja meu companheiro, e que visite meu pai e o console em sua solidão, porque dentro em pouco deverei deixá-lo e tornar-me uma estranha para ele.

Respondi-lhe:

— Farei tudo isso, Selma. Farei de minha alma uma redoma para a sua, de meu coração uma morada para sua beleza e de meu peito um túmulo para seus sofrimentos. Eu te amarei, como os prados amam a primavera e viverei em você a vida de uma flor sob os raios de sol. Repetirei seu nome como o vale repete o eco dos sinos das vilas; recolherei os sussurros de sua alma como a praia que guardou as histórias murmuradas pelas ondas. Lembrar-me-ei de você como um estrangeiro se lembra de seu amado e remoto país, como um faminto se recorda de um banquete, como um rei destronado se lembra de seus dias de glória e como um prisioneiro evoca suas horas de paz e liberdade. Hei de lembrar-me de você como um semeador se lembrará dos feixes de trigo no assoalho de sua tulha, e como um pastor rememoraria as grandes pradarias e os tépidos riachos.

Selma escutou minhas palavras com o coração palpitante e sentenciou:

— Amanhã, a verdade tornar-se-á espectral e o despertar será como um pesadelo. Poderá um amante dar-se por satisfeito ao abraçar um fantasma, e um homem sedento mitigar a sede na fonte de um sonho?

Respondi-lhe:

— Amanhã, o destino a colocará no seio de uma família pacífica, mas me atirará num mundo de luta e morte. Você estará no lar de uma pessoa a quem a sorte concedeu ainda maior fortuna através de sua beleza e da sua virtude, enquanto eu deverei viver de sofrimento e terror. Você entrará pelo portão da vida, enquanto eu adentrarei o da morte. Você será recebida com hospitalidade, enquanto eu viverei em solidão, mas deverei erguer uma estátua de amor para adorá-la no vale da morte.

"O amor será meu conforto solitário; eu o beberei como um vinho e o usarei como um sudário. Ao alvorecer, o amor me despertará da sonolência e me levará para campos distantes e à tarde me conduzirá sob a sombra das árvores, onde como os pássaros me abrigarei do calor do sol. Ao entardecer, me forçará a uma pausa antes do pôr do sol para ouvir a canção de despedida da natureza à luz do dia e me mostrará nuvens espectrais singrando o céu. À noite, o amor me abraçará e dormirei sonhando com o mundo paradisíaco, onde habitam espíritos de amantes e poetas.

"Na primavera, caminharei lado a lado com o amor entre violetas e jasmins e beberei as gotas restantes do inverno nos cálices dos lírios. No verão, faremos de feixes de feno os nossos travesseiros, e de relva a nossa cama; e o céu azul nos cobrirá, enquanto contemplamos as estrelas e a luz. No outono, o amor e eu iremos aos vinhedos e nos sentaremos perto da prensa do vinho e observaremos as vinhas sendo despidas de seus ornamentos de ouro e os bandos de pássaros migrantes voarão sobre nós. No inverno, nos sentaremos ao lado do fogo contando aventuras de muito tempo atrás e histórias de países distantes.

"Durante a juventude, o amor será meu mestre; na meia-idade, meu socorro; e na velhice, meu deleite. O amor, minha querida Selma, ficará comigo até o fim de minha vida, e depois da morte a mão de Deus nos unirá de novo."

Todas essas palavras vieram das profundezas de meu coração como chamas que saltassem enfurecidas da lareira e depois desaparecessem nas cinzas. Selma chorava, como se seus olhos fossem lábios respondendo-me com lágrimas.

Aqueles a quem o amor não deu asas não podem romper a nuvem das aparências, para ver o mundo mágico no qual o espírito de Selma e o meu viveram juntos naquela hora tristemente feliz. Aqueles a quem o amor não escolheu como seguidores não ouvem quando ele chama. Esta história não é para eles. Mesmo se eles pudessem compreender estas páginas, não estariam aptos a entender os sombrios significados que não cabem no conteúdo das palavras e que não se fixam no papel. Mas que ser humano é esse que nunca sorveu o vinho da taça do amor, e que espírito é esse que nunca se postou reverentemente diante daquele altar iluminado no templo e que é pavimentado pelos corações de homens e mulheres, e cujo teto é o pálio secreto dos sonhos? Que flor é essa em cujas pétalas a aurora nunca depositou uma gota de orvalho; que regato é esse que perdeu seu curso sem desaguar-se no mar?

Selma ergueu o rosto em direção ao céu e contemplou as estrelas incrustadas no firmamento. Ela estendeu desmesuradamente as mãos; seus olhos dilataram-se e os lábios tremeram. No rosto pálido, pude ver os sinais de dor, opressão, desesperança e infortúnio.

Então ela começou a dizer amarguradamente:

— Oh! Deus, o que terá uma mulher feito para Te ofender? Que ofensa terá ela cometido para merecer tal punição? Por qual crime está ela sendo condenada a um eterno castigo? Oh! Deus, Tu és forte, eu sou fraca. Por que me causas dor? És forte e poderoso, e eu não sou mais que uma criatura frágil rastejando diante de Teu trono. Por que me esmagas com Teu pé? És como a furiosa tempestade, e sou apenas pó; por que, meu Deus, me atiras sobre a fria terra? És poderoso, e eu, desamparada; por que lutas comigo? Tu és consagrado e eu, tímida; por que me destróis? Criastes a mulher com amor e por que com amor a arruínas? Com Tua mão direita a levantas e com a esquerda a atiras no abismo, e ela não sabe por quê. Em sua boca assopraste o hausto da vida, e em seu coração espargiste as sementes da morte. Devias mostrar-lhe o caminho da felicidade, mas impeliste-a à trilha da desgraça; em sua boca, colocaste canção de alegria, mas depois cerraste seus lábios de tristeza e agrilhoaste sua língua à agonia.

"Com Teus dedos misteriosos cicatrizaste-lhe as feridas e com Tuas mãos teceste as ameaças de desgraças em torno de seus prazeres. Em sua cama aninhaste prazer e tranquilidade, mas colocaste ao lado disso preconceitos e pavor. Por Tua vontade, estimulaste sua capacidade de afeto, e da afeição dela fizeste emanar vergonha. Por Tua vontade, mostraste a beleza da criação, mas seu amor pela beleza tornou-se uma fome terrível. Fizeste com que ela bebesse a vida na taça da morte, e a morte na taça da vida. Tu a purificaste com lágrimas, e em lágrimas sua vida continua a correr. Alimentaste seu estômago com o pão do homem, e depois, encheste as mãos do homem com os grãos do seu coração.

"Oh, Deus, abriste meus olhos com o amor, e com o amor me cegaste. Beijaste-me com Teus lábios e golpeaste-me com tua forte mão. Plantaste em meu coração uma rosa branca, mas teceste em torno dela uma barreira de espinhos. Amarraste minha alma a um jovem que amo, mas minha vida ao corpo de um desconhecido. Então, ajuda-me, meu Deus, a ser forte nesta luta mortal e assiste-me para que eu seja verdadeira e virtuosa até a morte. Seja feita a Tua vontade, oh, meu Deus."

O silêncio voltou, então. Selma baixou os olhos, pálida e frágil; seus braços pendiam completamente e sua cabeça curvou-se e tudo me parecia como se uma tempestade tivesse partido um galho de uma árvore formosa, e o atirara ao chão, para irremediavelmente secar e perecer.

Tomei-lhe a mão fria e beijei-a, mas, quando tentei consolá-la, senti que precisava de consolo mais do que ela. Mantive-me emudecido, meditando sobre nossa condição e ouvindo o tropel de meu coração. Nenhum de nós disse mais nada.

A tortura extrema é muda e, pois, sentamo-nos silenciosos, petrificados, como colunas de mármore enterradas sob escombros após um terremoto. Nem quisemos ouvir-nos um ao outro, porque a fibra de nossos corações se tornou tão fraca que até mesmo um esforço de respiração a faria romper.

Era meia-noite, e podíamos ver a lua crescente elevando-se por trás do Monte Sunnin, que, em meio às estrelas, parecia o imenso perfil de um cadáver, num gigantesco esquife rodeado pela luz fantasmagórica de velas bruxuleantes. E o Líbano parecia um velho, cujas costas estavam inclinadas pela idade e cujos olhos eram um abrigo para a insônia, vigiando a treva e esperando pela aurora; naquela hora, o Líbano parecia um rei sentado nas cinzas de seu trono, nos escombros de seu palácio.

As montanhas, as árvores e os rios mudam de aparência com as vicissitudes dos tempos e das estações, como o homem se transforma com suas experiências e emoções. O álamo altivo que de dia se assemelha a uma noiva parecerá uma simples coluna de fumaça ao entardecer; a enorme rocha que se alteia inexpugnável à luz da tarde parecerá à noite um miserável indigente, desses que têm a terra como leito e o céu como abrigo; e o riacho que vemos rebrilhante pela manhã, e cantando o hino da eternidade, murmurará à noite como uma torrente de lágrimas, lamentando-se como a mãe despojada de seu filho; e o Líbano, que nos parecia engrandecido uma semana antes, quando era lua cheia e nossos espíritos estavam contentes, parecia triste e solitário aquela noite.

Levantamo-nos e nos saudamos em despedida, mas o amor e o desespero permaneceram entre nós, como dois fantasmas que, estendendo suas asas, mantinham suas garras sobre nossas gargantas; um chorava, e o outro sorria ameaçadoramente.

Tomei a mão de Selma e a apertei contra meus lábios; ela se aproximou e beijou-me a testa, deixando-se cair sobre o banco de madeira. Ela fechou os olhos e murmurou suavemente:

— Oh, meu Deus, tem piedade de mim e recompõe minhas asas partidas!

Ao deixar Selma no jardim, senti como se meus sentidos estivessem cobertos por um véu espesso, tal como um lago cuja superfície estivesse oculta pelo nevoeiro. O silêncio profundo era uma mortalha estendida pelas trevas sobre meu corpo.

A beleza das árvores, o luar, o silêncio profundo, tudo a meu redor parecia feio e horrendo. A luz verdadeira que me mostrara a beleza e maravilha do universo convertera-se numa grande chama que calcinou meu coração; e a música eterna que eu costumava ouvir tornara-se um clamor mais apavorante que o rugido de um leão e mais profundo que o grito do abismo.

Cheguei a meu quarto e, como um pássaro abatido pelo tiro do caçador, atirei-me à cama, repetindo as palavras de Selma:

— Oh, meu Deus, tem piedade de mim e recompõe minhas asas partidas!

7
O trono da morte

O casamento hoje em dia é um deboche cujo comando está nas mãos do jovem e de seus pais. Na maioria dos países, o jovem vence e os pais perdem. A mulher é vista como uma utilidade adquirida e entregue de uma casa a outra. Com o tempo, sua beleza definha, e ela se torna uma antiga peça do mobiliário encostada num canto escuro.

A civilização moderna fez a mulher um pouco mais sábia, mas aumentou seus sofrimentos por causa da ambição dos homens. A mulher de ontem era uma esposa contente, mas a de hoje é uma amante infortunada. No passado, ela andava às cegas em plena luz, mas agora ela caminha de olhos abertos, nas trevas. Ela era bela em sua ignorância, virtuosa em sua simplicidade e forte em sua fraqueza. Hoje, ela se tornou feia em sua ingenuidade, superficial e insensível em sua sabedoria. Algum dia virá em que a beleza e a sabedoria, a ingenuidade e a virtude, a fragilidade no corpo e a firmeza de espírito se unirão numa mesma mulher?

Sou um dos que creem que o progresso espiritual é uma regra de vida humana, mas o caminho para a perfeição é penoso e difícil. Se uma mulher se eleva em um aspecto e se retarda em outro, é porque a áspera vereda que leva ao cume da montanha não está isenta de emboscadas de ladrões e esconderijos de lobos.

Esta estranha geração vive entre o sono e o despertar. Ela tem em suas mãos a terra do passado e as sementes do futuro. Apesar disso, há sempre em cada cidade uma mulher que simboliza o futuro.

Na cidade de Beirute, Selma Karamy era o símbolo da futura mulher oriental, mas, como muitas que vivem à frente de seu tempo, ela se tornou uma vítima presente; e, como uma flor arrancada de sua haste e carregada para longe pela torrente do rio, ela foi levada pelo cortejo da vida para a infelicidade.

Mansour Bey Galib e Selma casaram-se e viviam numa bela casa em Ras Beirute, onde todos os ricos dignitários residiam. Farris Effandi Karamy foi deixado em seu lar solitário no centro de seu jardim e pomar, como um pastor sozinho em meio a seu rebanho.

Os dias e as noites agradáveis de noivado passaram, mas a lua de mel deixou lembrança de tempos de tristeza amarga, como as guerras deixam crânios e ossos de mortos no campo de batalha. A dignidade de um noivado oriental inspira os corações dos jovens, mas seu término pode atirá-lo irremediavelmente como blocos de granito lançados ao fundo do mar. Sua euforia é como as pegadas na areia que duram somente até que sejam lavadas pelas ondas.

A primavera partiu e também o verão e o outono, mas meu amor por Selma crescia dia a dia, até tornar-se uma espécie de adoração muda, o sentimento que um órfão tem pela alma de sua mãe, exilada no Céu. Meu desejo foi convertido em cega tristeza que nada deixa ver além de si mesma, e a paixão que arrancou lágrimas de meus olhos foi substituída pela idolatria que tirava gotas de sangue de meu coração, e meus suspiros de afeição tornaram-se uma prece constante pela felicidade de Selma e seu marido e paz para seu pai.

Minhas preces e esperanças foram em vão, porque a desgraça de Selma era um mal interno que só a morte poderia curar.

Mansour Bey era um homem para quem todos os gozos da vida vieram com facilidade, mas, a despeito disso, ainda se mostrava insatisfeito e voraz. Depois de casar-se com ela, abandonou o sogro na mais extrema solidão e rezava para que morresse, de modo a poder herdar o que restara da riqueza do ancião.

O caráter de Mansour Bey era semelhante ao de seu tio; a única diferença entre os dois era que o Bispo conseguira tudo que desejara secretamente, sob a proteção de sua túnica eclesiástica e da cruz de ouro que usava no peito, enquanto o sobrinho tudo conseguira publicamente. O Bispo ia para a igreja pela manhã e despendia o resto do dia surrupiando as viúvas, órfãos e o povo ingênuo. Mas Mansour Bey passava seus dias à procura de satisfação sexual. Aos domingos, o Bispo Bulos Galib pregava o Evangelho; mas, durante os dias da semana, jamais praticava o que pregava, ocupando-se apenas com as intrigas políticas da cidade. E, por intermédio do prestígio e influência de seu tio, Mansour Bey fez disso sua ocupação: proteger as posições políticas daqueles que podiam oferecer um bom suborno.

O Bispo Bulos era um ladrão que se escondia sob o manto da noite, enquanto seu sobrinho, Mansour Bey, era um explorador que andava acintosamente à luz do dia. Apesar disso, o povo das nações orientais confia em tipos como eles – lobos e sanguinários que arruínam seus países através da ambição doentia e esmigalham seus vizinhos com mão de ferro.

Por que me ocupei nestas páginas dos traidores de nações pobres, em vez de reservar todo o espaço para a história de uma mulher infeliz e para descrever os sonhos de um coração ferido que o amor, mal o havendo tocado com suas alegrias, já o esbofeteava com suas dores? Por que choro pelos povos oprimidos, em vez de guardar todas as minhas lágrimas para vertê-las em memória de uma mulher fraca cuja vida foi abocanhada pelas presas da morte?

Mas, caros leitores, vocês não acham que tal mulher é como uma nação que vive oprimida por sacerdotes e soberanos? Vocês não creem que o amor frustrado que a leva ao túmulo é como o desespero que invade o povo da terra? Uma mulher é para uma nação como a luz para a lâmpada. A luz não amortece quando o óleo da lâmpada diminui?

O outono passou e o vento varreu as folhas amarelas das árvores, abrindo caminho para o inverno que veio gemendo e rugindo. Eu ainda estava em Beirute sem uma companhia, exceto meus sonhos, que erguiam meu espírito aos céus e em seguida o enterravam nas profundezas da terra.

O espírito triste se retempera na solidão. Ele evita as pessoas como um servo ferido se aparta de seu rebanho, para viver numa caverna até que se cure, ou morra.

Um dia soube que Farris Effandi estava doente. Deixei meu retiro solitário e dirigi-me à sua casa, tomando um novo caminho, uma vereda escondida entre oliveiras, evitando a estrada principal e sem ruído de rodas e veículos.

Chegando à casa do velho homem, entrei e o encontrei deitado na cama, fraco e pálido. Seus olhos estavam amortecidos e se assemelhavam a dois vales profundos e escuros, povoados pelos fantasmas do sofrimento. O sorriso que sempre alegrou seu rosto estava sufocado pela dor e pela agonia; e os ossos de suas mãos suaves pareciam galhos nus que estremeciam diante da tempestade. Quando me aproximei e perguntei sobre sua saúde, o ancião voltou para mim o rosto pálido e dos lábios trêmulos surgiu um sorriso; Effandi balbuciou com voz fraca:

— Meu filho, vá ao outro quarto e conforte Selma, e traga-a para que se sente aqui ao lado de minha cama.

Entrei no quarto contíguo e encontrei Selma deitada num divã, cobrindo a cabeça com as mãos e com o rosto enterrado num travesseiro, de forma que seu pai não pudesse ouvi-la chorar. Aproximando-me devagar, pronunciei seu nome, numa voz que mais parecia um suspiro que um murmúrio. Ela se moveu com receio, como se tivesse sido interrompida num sonho terrível, e sentou-se, olhando-me com olhos vidrados, em dúvida sobre se eu era fantasma ou humano. Depois de profundo silêncio, que nos levou de volta nas asas da memória àquele momento em que estávamos embriagados pelo vinho do amor, Selma enxugou as lágrimas e lamentou:

— Veja como o tempo nos transformou! Veja como o tempo mudou o curso de nossas vidas e nos deixou como ruínas. Neste lugar, a primavera nos uniu num vínculo de amor, e neste lugar, o inverno colocou-nos de encontro ao trono da morte. Como era radiante aquele dia, e como é escura esta noite!

E, ao falar isso, cobriu novamente o rosto com as mãos, como se estivesse resguardando seus olhos daquele espectro do passado que estava diante dela. Pus a mão sobre sua cabeça e lhe disse:

— Venha, Selma, venha e sejamos como torres poderosas diante da tempestade. Mantenhamo-nos de pé, como bravos soldados frente ao inimigo e suas armas. Se perdermos, morreremos como mártires; e, se vencermos, viveremos como heróis. Enfrentar os obstáculos e as dificuldades é mais nobre do que retirar-se para a tranquilidade. A borboleta que esvoaça em torno da lâmpada até morrer é mais digna que a toupeira que mora num túnel escuro.

"Venha, Selma, caminhemos por esta vereda áspera, firmemente, e com os olhos voltados para o sol de modo a não vermos as caveiras e serpentes entre as rochas e espinhos. Se o medo nos paralisar no meio do caminho, somente as vozes da noite nos ridicularizarão, mas, se alcançarmos com bravura o pico da montanha, juntar-nos-emos aos espíritos celestes nas suas canções de triunfo e alegria.

Anime-se, Selma, enxugue as lágrimas e remova a tristeza de seu rosto. Levante-se e vamos nos sentar ao lado da cama de seu pai, pois a vida dele depende da sua, e seu sorriso é sua esperança de cura."

Gentil e afetuosa, ela retrucou, fitando-me:

— Você me pede resignação, quando também precisa dela? Um homem faminto dará seu pão a outro ser faminto? Ou um doente dará seu remédio a outro, quando ele mesmo necessita dele ainda mais?

Ela se levantou, inclinou a cabeça ligeiramente para a frente e nos encaminhamos para o quarto do ancião, sentando-nos ao lado da cama. Selma forçou um sorriso e procurou mostrar-se resignada, e o pai tentou fazê-la crer que se sentia melhor e mais forte; mas ambos estavam conscientes dos sofrimentos um do outro e percebiam seus suspiros não emitidos. Eram como duas forças iguais, esgotando-se em silêncio. O coração do pai enfermo se desintegrava por causa da infelicidade da filha; e a filha afetuosa se consumia no sofrimento pela doença do pai. Eram duas almas puras, uma que partia deste mundo e outra que agonizava de dor, abraçadas no amor e na morte; e eu estava entre as duas com meu coração perturbado. Éramos três pessoas, unidas e esmagadas pelas mãos do destino; um ancião que era como uma casa devastada pela avalanche; uma mulher jovem, cujo símbolo era um lírio degolado pelo gume afiado de uma foice, e um jovem que era um arbusto frágil, recurvado sob o peso da neve; todos nós éramos brinquedos nas mãos do destino.

Farris Effandi moveu-se vagarosamente e estendeu sua mão enfraquecida na direção de Selma, falando-lhe numa voz suave e carinhosa:

— Pegue minha mão, querida.

Selma segurou-lhe a mão; então o pai disse:

— Eu já vivi bastante e já aproveitei os frutos das estações da vida. Corri atrás das borboletas na minha meninice, abracei o amor na minha juventude e acumulei riquezas na minha idade madura. Perdi sua mãe, quando você tinha apenas 3 anos, e ela a deixou para mim, tesouro meu. Eu a vi crescer, e seu rosto ia reproduzindo uma a uma as feições de sua mãe, como as estrelas se vão refletindo num lago tranquilo. Seu caráter, sua inteligência e beleza vieram de sua mãe, tal como seu modo de falar e seus gestos. Você tem sido meu único consolo nessa vida, porque é a imagem de sua mãe em cada ação e palavra. Agora, envelheci e meu único pouso de descanso jaz entre as asas tranquilas da morte. Conforte-se, minha filha querida, pois eu vivi o bastante para vê-la mulher feita. Alegre-se, pois viverei em você após minha morte. Não há nenhuma diferença em que eu parta hoje ou amanhã ou mais tarde, pois nossos dias vão perecendo como folhas do outono. A hora de minha morte aproxima-se rapidamente, e minha alma está desejosa de unir-se à de sua mãe.

Ao murmurar essas palavras em tom suave e carinhoso, o rosto de Farris Effandi alegrou-se. E ele então colocou a mão sob o travesseiro, de lá retirando um pequeno quadro, com armação em ouro. De olhos presos à fotografia, o velho falou:

— Venha, Selma, venha ver sua mãe nesta gravura.

Selma enxugou as lágrimas e, depois de observar durante muito tempo a fotografia, beijou-a repetidamente e exclamou:

— Oh, minha querida mãe! Oh, mãe!

E então juntou seus lábios à gravura, como se quisesse extravasar sua alma para aquela imagem.

A mais linda palavra que aflora aos lábios humanos é "Mãe", e a mais bela invocação é "Minha mãe". É uma palavra cheia de amor e esperança, uma palavra doce e amável vinda das profundezas do coração. Mãe é tudo: nosso consolo na tristeza, nossa esperança na desgraça e nossa força na fraqueza. É a fonte do amor, bondade, simpatia e perdão. Aquele que perde a mãe, perde uma alma pura que o abençoa e protege constantemente.

Mãe é uma constância em todas as coisas da natureza. O sol é a mãe da terra e alimenta-a de calor; e não abandona o universo à noite sem antes ter posto a terra para dormir, ao som da canção do mar e do hino dos pássaros e riachos. E a terra é a mãe das árvores e das flores. Ela as produz, ela as alimenta e as impulsiona para a vida. As árvores e as flores tornam-se mães amorosas de seus grandes frutos e das suas sementes. E a mãe de todo o universo é a alma eterna, suprema e imortal, cheia de beleza e amor.

Selma Karamy não conheceu sua mãe, pois morrera quando ela ainda era criança; mas Selma chorou ao ver a gravura exclamando: "Oh, mamãe!" A palavra mãe fica oculta em nossos corações e sobrevém aos nossos lábios nos momentos de tristeza e alegria, como o perfume que vem do coração da rosa e se mistura ao ar claro e nublado.

Selma ajoelhou-se diante da fotografia de sua mãe, beijando-a repetidamente até atirar-se ao lado da cama do pai.

O ancião colocou ambas as mãos em sua cabeça e disse:

— Mostrei-lhe, minha querida filha, o retrato de sua mãe no papel. Agora, ouça-me, e farei com que você escute as palavras dela.

Ela levantou a cabeça como um pequeno pássaro que, ainda no ninho, ouve o ruído das asas de sua mãe, e olhou atentamente para ele.

Farris Effandi pôs-se então a falar:

— Sua mãe ainda a estava amamentando quando perdeu o pai; ela se lastimou e chorou a sua partida, mas foi sábia e paciente. Ela sentou-se a meu lado neste mesmo quarto assim que o funeral terminou e, segurando-me a mão, disse-me: "Farris, meu pai morreu e agora você é meu único consolo neste mundo. As afeições do coração dividem-se como os galhos de um cedro; se a árvore perde um galho vigoroso, ela poderá sofrer, mas não morrerá. Extravasará toda sua vitalidade para o galho mais próximo de forma a que cresça e preencha o lugar vazio." Isso foi o que sua mãe me disse quando o pai morreu; e você deverá dizer a mesma coisa quando a morte levar meu corpo para seu lugar de descanso e minha alma para os cuidados de Deus.

Selma respondeu-lhe em lágrimas e com o coração partido:

— Quando mamãe perdeu o pai, você tomou seu lugar; mas quem tomará o seu quando você partir? Ela foi deixada aos cuidados de um marido amoroso e fiel; ela encontrou consolo em sua pequena filha, e quem será meu consolo quando você falecer? Você tem sido meu pai e minha mãe, e o companheiro de minha juventude.

Ao dizer essas palavras, ela se virou e olhou para mim, e, segurando a extremidade de minha roupa, falou:

— Este é o único amigo que terei quando você se for, mas como pode me consolar quando também está sofrendo? Como um coração partido pode encontrar consolo numa alma decepcionada? Uma mulher aflita não pode ser confortada pela tristeza de seu vizinho, nem um pássaro pode voar com asas partidas. Ele é o amigo de minha alma, mas já coloquei sobre ele um pesado fardo de dor, e ofusquei tanto seus olhos com minhas lágrimas que ele nada mais pode ver além de trevas. Ele é um irmão a quem muito amo, mas, como todos os irmãos, participa de minha tristeza e me ajuda a derramar lágrimas, o que aumenta minhas amarguras e consome meu coração.

As palavras de Selma apunhalaram-me o coração, e senti que não mais podia suportar. O ancião ouviu suas palavras com espírito deprimido, trêmulo como a luz de uma lâmpada após uma rajada de vento. Então estendeu a mão e disse:

— Deixe que me vá tranquilo, minha filha. Quebrei as grades dessa gaiola; deixe-me voar, e não me detenha, pois sua mãe me chama. O céu está claro, o mar, calmo e o barco, pronto para partir; não adie sua viagem. Deixe que meu corpo descanse com aqueles que estão descansando; deixe que meu sonho termine e que minha alma desperte com a aurora; permita que sua alma abrace a minha e me dê o beijo da esperança; não deixe que as gotas de tristeza e amargor caiam sobre meu corpo para que as flores e a relva não o recusem como alimento. Não derrame lágrimas de desgraça sobre minha mão, porque delas poderão nascer espinhos sobre meu túmulo. Não desenhe vestígios de agonia sobre minha testa, porque o vento pode passar e ao percebê-los recusar-se a carregar o pó de meus ossos para as verdes pradarias... Eu a amei, minha criança, enquanto vivi, e a amarei também quando já tiver ido, e minha alma olhará sempre por você e a protegerá.

Então Farris Effandi olhou-me com olhos semicerrados e disse:

— Meu filho, seja um verdadeiro irmão para Selma como seu pai o foi para mim. Dê-lhe seu apoio e amizade quando ela necessitar e não deixe dominar-se pelo luto, pois o luto pela morte é um erro. Reconte-lhe histórias agradáveis e cante para ela as canções da vida de modo que ela esqueça suas tristezas. Recomende-me a seu pai; peça que lhe conte as histórias de nossa juventude e diga-lhe que o estimei ainda mais na pessoa de seu filho na hora última de minha vida.

Caiu então o silêncio e pude ver a palidez da morte no rosto do ancião. Então ele volveu os olhos, mirou-nos e murmurou:

— Não chamem o médico, pois ele poderia prolongar a duração de minha pena nesta prisão, com seus remédios. Os dias de escravidão estão terminados, e minha alma busca a liberdade dos céus. E não chamem o sacerdote para manter-se a meu lado, porque seus exorcismos não me salvarão se eu tiver sido um pecador, nem acelerarão minha caminhada para o Paraíso se eu tiver sido um inocente. O desejo da humanidade não pode mudar o desejo de Deus, como um astrólogo não pode modificar o curso das estrelas. Mas, após minha morte, deixem que os médicos e o sacerdote façam o que lhes aprouver, pois meu barco continuará velejando até que atinja seu destino.

À meia-noite, Farris Effandi abriu os olhos cansados pela última vez e focalizou-os em Selma, que estava ajoelhada ao lado de sua cama. Ele tentou falar, mas não pôde, pois a morte já tinha abafado sua voz; entretanto, finalmente conseguiu balbuciar:

— A noite passou... Oh, Selma... Oh... Oh, Selma...

Então pendeu-lhe a cabeça, a face tornou-se branca e pude ver ainda um sorriso em seus lábios, quando suspirou pela última vez.

Selma tocou a mão de seu pai. Estava fria. A moça ergueu a cabeça e olhou o rosto do pai. Já se cobrira com o véu da morte. Selma estava tão sufocada que não conseguia derramar lágrimas, nem suspirar, nem mesmo mover-se. Por um momento, ela se postou diante dele com os olhos fixos como os de uma estátua; então, inclinou-se até que sua testa tocasse o assoalho e disse:

— Oh, Deus, tem piedade e emenda nossas asas partidas.

Farris Effandi Karamy morreu; sua alma foi envolvida pela Eternidade, e seu corpo voltou à terra. Mansour Bey Galib tomou posse de sua riqueza e Selma tornou-se uma prisioneira por toda a vida: uma vida de pesar e miséria.

Eu estava imerso em tristeza e desespero. Os dias e as noites despedaçavam-me como a águia devora suas vítimas. Muitas vezes, tentei esquecer meus infortúnios ocupando-me com livros e escrituras das gerações passadas, mas era como apagar o fogo com petróleo, pois eu nada podia ver na procissão do passado além de tragédias e nada podia ouvir além de choros e lamentações. O Livro de Jó me era mais fascinante do que os Salmos, e eu preferia as Elegias de Jeremias aos Cânticos de Salomão. Hamlet estava mais próximo de meu coração que todos os outros dramas dos escritores do Ocidente, pois desespero enfraquece nossa visão e cerra nossos ouvidos. Nada podemos ver além dos espectros do destino, e nada podemos ouvir além do pulsar de nossos corações agitados.

8
Cristo e Ishtar

No centro dos jardins e colinas que estão entre a cidade de Beirute e o restante do Líbano, há um pequeno templo, muito antigo, cavado na rocha branca, rodeado por oliveiras, amendoeiras e salgueiros. Embora esse templo esteja apenas a 800 metros da entrada principal, ao tempo que vive minha história, pouca gente interessada em relíquias e velhas ruínas o tinha visitado. Era um dos muitos lugares interessantes, escondidos e esquecidos no Líbano. Devido a seu isolamento, tornou-se um paraíso para os crentes generosos e um santuário para os amantes solitários.

Assim que se entra nesse templo, vê-se na parede ao leste um velho relevo fenício, cavado na rocha, representando Ishtar, ou Astarti, deusa do amor e da beleza sentada em seu trono, rodeada por sete virgens nuas em diferentes atitudes. A primeira carrega uma tocha; a segunda, uma lira; a terceira, um incensório; a quarta, um canjirão de vinho; a quinta, uma braçada de rosas; a sexta, uma grinalda de louros; a sétima, um arco e flecha; e todas olham para Ishtar com reverência.

Na segunda parede, há uma outra escultura, menos antiga que a primeira, figurando Cristo pregado na cruz, e a seu lado, de pé, sua infortunada mãe e Maria Madalena, e duas outras mulheres, todas em pranto. Este trabalho bizantino deixa entrever que foi lavrado no século XV ou XVI.

Na parede do lado oeste, há duas aberturas redondas através das quais os raios de sol penetram no templo e incidem sobre os relevos, fazendo-os parecer pintados em aquarela dourada. No meio do templo, há um grande cubo de mármore com velhas pinturas nos seus lados, que dificilmente podem ser percebidas, recobertas sob pequenas manchas de sangue petrificado, o que indica que os antigos habitantes ofereciam sacrifícios nessa rocha e sobre ela derramavam perfume, vinho e óleo.

Não há mais nada nesse templo, além do silêncio profundo que revela aos vivos os segredos da divindade e testemunha mudamente sobre as gerações passadas e a evolução das religiões. Uma visão como essa carrega o poeta para um mundo distante daquele em que vive, e convence o filósofo que o homem nasceu religioso; eles sentiam uma necessidade por aquilo que não podiam ver, e desenhavam símbolos cujo significado revelava os seus recônditos segredos e seus desejos na vida e na morte.

Naquele templo escondido, eu encontrava Selma uma vez por mês e passava horas com ela, vendo e revendo aquelas pinturas estranhas, pensando no Cristo crucificado e filosofando sobre os jovens fenícios, homens e mulheres, que viviam, amavam e adoravam a beleza na pessoa de Ishtar, queimando incenso diante de sua estátua e derramando perfume em seu santuário; povo sobre o qual nada se deixou para falar exceto o nome, repetido pela marcha do tempo frente a frente com a Eternidade.

É difícil descrever em palavras as lembranças daquelas horas, em que me encontrava com Selma – horas celestiais, cheias de dor, felicidades, tristeza, esperança e infortúnio. Mas também não me seria possível evocar sua lembrança sem procurar esboçar em palavras, mesmo pálidas, sua sombra que se foi, para que seja pelo menos um exemplo aos filhos e da melancolia.

Encontrávamo-nos secretamente no velho templo, relembrando os tempos idos, discutindo nosso presente, temendo o futuro, pouco a pouco confessando os segredos escondidos nas profundezas de nossos corações e lamentando-nos mutuamente de nossa desgraça e sofrimento, tentando consolar-nos com esperanças imaginárias e sonhos cheios de tristeza.

De vez em quando, nos acalmávamos, enxugávamos nossas lágrimas e recomeçávamos a sorrir, esquecendo tudo exceto o amor; abraçávamo-nos, até sentirmos nossos corações se unirem; então Selma depositava um beijo puro em minha testa e enchia meu coração de êxtase; eu lhe devolveria o beijo quando ela inclinasse seu pescoço de marfim; suas faces tornavam-se então graciosamente vermelhas como o primeiro raio da aurora na frente das montanhas. Em silêncio, mirávamos o horizonte distante, onde as nuvens se coloriam com os raios alaranjados do entardecer.

Nossa conversa não se limitava ao amor; dele falávamos de vez em quando, falávamos de assuntos gerais e trocávamos ideias. Durante o curso da conversa, Selma refletia sobre o lugar da mulher na sociedade, a marca que as gerações passadas deixaram em seu caráter, as relações entre marido e mulher, e as deformações espirituais e a corrupção que ameaçavam a sobrevivência do casamento.

Lembro-me de uma de suas declarações:

— Os poetas e escritores procuram entender a realidade da mulher, mas até hoje ainda não compreenderam os segredos escondidos em seu coração, porque eles a interpretam sob o ângulo do sexo e nada veem além das aparências; eles a analisam através da lente amplificadora do ressentimento e nada encontram além de fraqueza e submissão.

Em outra ocasião, Selma afirmou, apontando para as figuras talhadas nas paredes do templo:

— No coração desta rocha, há dois símbolos que descrevem a essência dos desejos da mulher e revelam os segredos ocultos de sua alma que se movem entre o amor e a tristeza, entre a afeição e o sacrifício, entre Ishtar sentada no trono e Maria diante da cruz. O homem compra glória e reputação, mas é a mulher quem paga o preço.

Ninguém sabia de nossos encontros secretos, exceto Deus e o bando de pássaros que voava por sobre o templo. Selma costumava vir em sua carruagem para um lugar chamado Parque do Paxá e de lá ela se encaminhava para o templo, onde me achava ansiosamente esperando por ela.

Não temíamos os olhos que nos observavam, nem nossas consciências nos incomodavam; o espírito purificado pelo fogo e lavado pelas lágrimas está acima do que as pessoas chamam de desgraça e vergonha; está livre das leis da escravidão e dos velhos costumes contra as afeições do coração humano. Aquele espírito pode, orgulhosamente, postar-se sem mácula diante do trono de Deus.

A sociedade humana tem-se rendido por setenta séculos a leis corruptas, de modo que não pode mais compreender o significado das leis superiores e eternas. Os olhos do homem acostumaram-se à bruxuleante luz das velas e não podem ver a luz do sol.

A falibilidade espiritual vem sendo transmitida de uma geração a outra e até se tornou uma parte integrante dos seres humanos, que consideram não como uma moléstia, mas como um legado natural imposto por Deus a Adão. Se essas pessoas encontram alguém livre dos germes dessa doença, elas o envolvem em um pensamento de vergonha e desonra.

Aqueles que pensam mal de Selma Karamy, porque ela deixava a casa de seu marido e se encontrava comigo no templo, são dos tipos doentios e fracos de espírito que consideram as pessoas normais e sadias como rebeldes. Eles são como os insetos que rastejam na escuridão por medo de serem pisados pelos passantes.

O prisioneiro injustiçado, que pode romper as barras de sua prisão e não o faz, é um covarde. Selma, uma prisioneira inocente e oprimida, era incapaz de libertar-se sozinha da escravidão. Deve ela ser incriminada porque olhava através da janela de sua cadeia os campos verdes e o céu espaçoso? Alguém poderá considerá-la infiel a seu esposo porque vinha de sua casa para sentar-se a meu lado entre Cristo e Ishtar? Deixai que o povo diga o que lhe aprouver; Selma ultrapassou os pântanos em que outros espíritos submergiram e embarcou em um mundo que não pode ser alcançado pelo alarido dos lobos e pelo chocalhar das víboras. E podem dizer o que quiserem de mim, pois o espírito que viu o espectro da morte não se assustará com o rosto dos ladrões; o soldado que viu espadas agitando-se sobre sua cabeça e torrentes de sangue sob seus pés não se aflige com as pedras que as crianças lhe atiram nas ruas.

9
O sacrifício

Certo dia, no fim de junho, quando o povo em geral deixava a cidade e ia às montanhas para evitar o calor do verão, fui, como sempre, ao templo para encontrar Selma, levando comigo um pequeno livro de poemas andaluzes. Quando entrei no templo, sentei-me, esperando por Selma; de tempos em tempos, olhava de relance para as páginas do livro, recitando aqueles versos que enchiam meu coração de êxtase e traziam para minha alma a memória dos reis, poetas e cavaleiros que foram mandados embora de Granada e partiam com lágrimas nos olhos e tristeza no coração, deixando seus palácios, instituições e esperanças para trás.

Uma hora depois, vi Selma caminhando pelo centro dos jardins e aproximando-se do templo; ela se apoiava em sua sombrinha como se carregasse todas as preocupações do mundo sobre os ombros. Quando entrou no templo e se sentou a meu lado, notei certa mudança em seus olhos e fiquei ansioso para interpelá-la a respeito.

Selma sentiu o que se passava em minha mente e, afagando-me a cabeça com a mão, disse:

— Aproxime-se de mim, venha, meu querido, chegue-se e deixe que eu sacie minha sede, pois a hora da separação chegou.

Perguntei-lhe:

— Seu marido descobriu nossos encontros aqui?

Ela retrucou:

— Meu marido não se incomoda comigo, nem sabe como passo o tempo, porque está sempre ocupado com aquelas pobres moças que a miséria levou para as casas de má fama; aquelas moças que vendem o corpo pelo pão com sangue e lágrimas.

Indaguei novamente:

— O que a impede então de vir a este templo e sentar-se ao meu lado, reverentemente, diante de Deus? Será que sua alma está impondo nossa separação?

Selma respondeu com lágrimas nos olhos:

— Não, meu amado, meu espírito não pede separação, pois você é uma parte de mim. Meus olhos nunca se cansam de olhar para você, pois você é a luz deles: mas, se o destino determinou que eu deveria palmilhar o caminho áspero da vida alquebrada sob grilhões, como poderia ficar satisfeita de tornar o seu destino igual ao meu?

E acrescentou:

— Não lhe posso dizer tudo, porque minha língua está muda de dor e não pode falar; meus lábios estão cerrados pela desgraça e não se podem mover; tudo que lhe posso dizer é que temo que você caia na mesma armadilha em que caí.

Indaguei imediatamente:

— O que você quer dizer, Selma, e de quem você tem medo?

Ela cobriu o rosto com as mãos e revelou:

— O Bispo já descobriu que, uma vez por mês, eu tenho deixado o túmulo em que me enterrou.

— O Bispo descobriu nossos encontros aqui?

— Se ele tivesse descoberto, você não me estaria vendo aqui sentada a seu lado; mas ele está ficando desconfiado, e ordenou a todos os criados e guardas para que me vigiem atentamente. Estou sentindo que a casa em que moro e o caminho por onde ando estão cheios de olhos que me observam e dedos que me apontam, e ouvidos que escutam o murmúrio de meus pensamentos.

Ela ficou em silêncio por um momento e então acrescentou, já com lágrimas correndo-lhe a face:

— Não temo o Bispo, pois a água já não assusta o afogado, mas tenho medo que você possa cair na armadilha e tornar-se sua presa; você ainda é jovem e livre como a luz do sol. Não estou amedrontada pelo destino que cravou todas as suas flechas em meu peito; mas temo que a serpente possa morder seus pés, e que o impeça de atingir o pico da montanha, onde o futuro o espera com seus prazeres e glórias.

Falei-lhe então:

— Aquele que não foi mordido pelas serpentes da luz e despedaçado pelos lobos da escuridão será sempre enganado pelos dias e pelas noites. Mas ouça, Selma, ouça atentamente; será a separação o único meio de evitar a maldade das pessoas e ser prejudicado por elas? Terá o caminho do amor e da liberdade sido fechado e nada fora deixado senão a submissão à vontade para os escravos da morte?

Selma finalizou:

— Nada foi deixado, salvo a separação, e o dizermos adeus um ao outro.

Com o espírito em rebelião tomei-lhe a mão e afirmei exaltado:

— Nós cedemos à vontade das pessoas por longo tempo; desde o momento em que nos conhecemos até agora, temos sido levados pelos cegos e adorado com eles os seus ídolos. Desde o momento em que a conheci, temos estado nas mãos do Bispo como duas bolas que ele atirou por aí, como quis. Temos que nos submeter à sua vontade até que a morte nos leve? Deus nos deu o sopro de vida para que simplesmente o deponhamos aos pés da morte? Será que Ele nos deu a liberdade para que fizéssemos dela apenas uma sombra da escravidão? Aquele que extingue o fogo de seu espírito com as próprias mãos é um infiel aos olhos do Céu, pois é o Céu que manda o fogo que arde em nossos espíritos. Aquele que não se rebela contra a opressão está cometendo injustiça a si próprio.

"Eu a amo, Selma, e você também me ama; e o amor é um tesouro precioso, é o presente de Deus aos espíritos grandes e sensíveis. Deveremos atirar este tesouro fora e deixar que os porcos o desprezem e pisoteiem? Este mundo está cheio de maravilhas e beleza. Por que estamos vivendo neste túnel estreito que o Bispo e seus asseclas cavaram para nós? A vida está cheia de alegria e liberdade; por que não tiramos de nossos ombros esse pesado jugo e quebramos as correntes atadas a nossos pés, e caminhamos livremente em busca da tranquilidade? Levante-se e vamos deixar este pequeno templo pelo grande templo de Deus. Vamos deixar esta região e toda a escravidão e ignorância aqui reinantes, por outras terras distantes e inatingíveis à mão dos ladrões. Vamos para a costa, na calada da noite, e pegaremos um barco que nos leve através dos oceanos, até onde possamos encontrar uma vida nova, cheia de felicidade e compreensão. Não hesite, Selma, pois estes minutos são mais preciosos para nós que as coroas dos reis e mais sublimes que os tronos dos anjos. Vamos seguir a coluna de luz que nos guiará para sairmos deste deserto árido para os verdes campos aonde viajam as flores e as plantas aromáticas."

Ela balançou a cabeça e voltou-se para algo invisível no teto do templo; um triste sorriso apareceu em seus lábios, e Selma balbuciou:

— Não, não, meu amado. Os céus colocaram em minha mão uma taça cheia de vinagre e fel; eu me dispus a bebê-la até o fim, para experimentar toda sua amargura, de modo a que nada reste exceto algumas gotas, que beberei pacientemente.

"Não sou digna de uma nova vida de amor e paz; não sou bastante forte para usufruir dos prazeres e das doçuras, porque um pássaro de asas partidas não pode voar no céu espaçoso. Os olhos que estão acostumados à sombria luz de uma vela tornam-se frágeis para encarar os raios de sol. Não me fale de felicidade; é uma lembrança que me faz sofrer. Não mencione a paz para mim; é uma sombra que me assusta. Mas olhe para mim e lhe mostrarei a tocha sagrada que os Céus acenderam nas cinzas do meu coração; você sabe que o amo tanto quanto uma mãe ama seu único filho, e o amor só me ensinou a protegê-lo, mesmo de mim. E é amor, purificado com fogo, o que me impede de segui-lo para as terras mais distantes. O amor mata meus desejos, e por isso você pode viver livre e virtuosamente. O amor limitado pede a posse do ser amado, mas o ilimitado pede apenas a si mesmo. O amor que brota entre a leviandade e o despertar da juventude satisfaz-se com a posse e cresce com os carinhos físicos. Mas o amor que nasceu do regaço do firmamento e desceu com os segredos da noite não se contenta com coisa alguma a não ser a Eternidade e a Imortalidade; ele não se posta reverentemente diante de nada, a não ser a divindade.

"Quando eu soube que o Bispo queria proibir-me de sair da casa de seu sobrinho e arrancar-me o único prazer que ainda tinha, pus-me de pé diante da janela de meu quarto e olhei em direção do mar, pensando nos vastos países que estão além dele, e na verdadeira liberdade e independência pessoal que se pode encontrar por lá. Senti que estava vivendo junto de você, rodeada pela sombra de seu espírito, e submersa no oceano de sua afeição. Mas todos esses pensamentos que iluminam o coração de uma mulher, e a fazem revoltada contra os costumes arcaicos e sempre em busca da sombra da liberdade e da justiça, fizeram-me crer que sou fraca e que nosso amor é limitado e débil, incapaz de encarar de frente a luz do sol.

"Chorei como um rei cujo reinado e tesouros foram usurpados, mas imediatamente vi o seu rosto, meu amigo, através de minhas lágrimas, e seus olhos que me olhavam; lembrei-me então de que você me dissera certa vez: 'Venha, Selma, venha e sejamos como torres poderosas diante da tempestade. Deixe que nos postemos como bravos soldados diante do inimigo, e enfrentemos suas armas. Se perdermos, morreremos como mártires; e, se ganharmos, viveremos como heróis. Enfrentar os obstáculos e as preocupações é mais nobre do que bater em retirada buscando apenas a tranquilidade.'

"Essas palavras, meu amado, você pronunciou quando as asas da morte se agitavam em torno da cama do meu pai; lembrei-me delas ontem, quando as asas do desespero se agitavam em torno de minha cabeça. Eu me fortaleci e senti, embora na escuridão de minha prisão, uma espécie de preciosa liberdade facilitando nossas dificuldades e reduzindo nossas tristezas. Descobri que nosso amor era tão profundo quanto o oceano, tão altivo quanto as estrelas e tão imenso quanto o firmamento. Vim aqui vê-lo, e em meu fraco espírito há uma força nova que é a capacidade de sacrificar uma grande coisa a fim de obter uma maior; é o sacrifício de minha felicidade contigo, de modo que você possa continuar virtuoso e honrado aos olhos das gentes e manter-se distante de suas falsidades e perseguições...

"No passado, quando vinha a este lugar, sentia como se pesadas amarras me prendessem ao chão, mas hoje vim aqui com uma determinação nova, que sorri dos obstáculos e abrevia a caminhada. Eu costumava vir a este templo como um fantasma assustado, mas hoje vim como uma mulher corajosa que sente a premência do sacrifício e sabe o valor do sofrimento, que deseja proteger aquele a quem ama contra as gentes ignaras e de espírito cruel. Costumava sentar-me a seu lado como uma oscilante sombra, mas hoje vim aqui para mostrar-lhe minha imagem verdadeira diante de Ishtar e Cristo.

"Sou uma árvore nascida na escuridão, e hoje estendo meus galhos para que tremulem por um momento à luz do dia. Vim aqui para dizer-lhe adeus, meu amado, e é minha esperança que a nossa despedida seja grande e irrecorrível, como o nosso amor. Faça com que nosso adeus seja como o fogo que amolece o ouro e o torna mais resplandecente."

Selma não me permitiu falar ou protestar, mas olhou para mim; seus olhos cintilavam, seu rosto estampava toda sua dignidade, parecia um anjo merecedor de total silêncio e respeito. Então ela se arremessou sobre mim, algo que nunca fizera antes; envolveu-me com seus braços suaves e deu-me um beijo longo, profundo e impetuoso. Fez com que o ser que chamo Eu se revoltasse contra a humanidade inteira – para voltar e submeter-se em silêncio à lei superior que o coração de Selma adotou como seu templo de altar.

Quando o sol desapareceu, retraindo seus raios sobre aqueles jardins e pomares, Selma se encaminhou para o meio do templo e olhou durante longo tempo para suas paredes e recantos, como se quisesse derramar toda luz de seus olhos sobre as gravuras e símbolos. Então, caminhou à frente e ajoelhou-se em reverência diante da imagem de Cristo; e, beijando-lhe o pé, rezou:

— Oh, Cristo, escolhi Tua cruz e desertei do mundo de prazer e felicidade de Ishtar; usei a grinalda de espinhos e bani a coroa de louros, e lavei-me com sangue e lágrimas em vez de perfume e incenso; bebi fel e vinagre de uma taça que tinha sido feita para vinho e néctar; aceita-me, meu Deus, entre Teus seguidores e conduze-me em direção à Galileia com aqueles que Te escolheram, contentes com seus sofrimentos e alegres com suas tristezas.

Então Selma se levantou, olhou-me e disse:

— Agora, devo retornar alegremente para minha escura caverna onde residem horríveis fantasmas. Não se condoa de mim, meu amado, e não sinta pena de mim, pois a alma que vê a sombra de Deus por uma vez nunca se assustará, depois disso, com sombras dos demônios. E os olhos que contemplam os Céus por uma vez não serão cerrados pelas dores do mundo.

Balbuciando essas últimas palavras, Selma deixou aquele lugar de adoração. Permaneci lá, perdido num mar profundo de pensamentos, absorvido pelo mundo da revelação onde Deus se senta ao trono e os anjos anotam os atos dos seres humanos, e as almas recitam a tragédia da vida, e as noivas do Céu cantam os hinos do amor, da tristeza e da imortalidade.

Já era noite quando despertei de minha sonolência e me encontrei desorientado no meio dos jardins, a repetir o eco de cada palavra pronunciada por Selma, relembrando-me de seu silêncio, suas ações, seus movimentos, suas expressões e do toque de suas mãos, até que constatasse o significado da despedida e a dor da solidão. Estava mergulhado em depressão e tinha o coração partido. Foi a minha primeira descoberta do fato de que os homens, mesmo quando nascem livres, permanecem escravos das leis rígidas promulgadas por seus antepassados; e que o firmamento que imaginamos imutável simboliza a rendição do hoje à vontade do amanhã e a submissão do ontem à vontade do hoje. Muitas vezes, a partir daquela noite, tenho pensado na lei espiritual que fez Selma preferir a morte à vida, e muitas vezes tenho feito uma comparação entre a nobreza do sacrifício e a felicidade da rebeldia, para saber qual é mais louvável e mais bela, porém até agora somente extraí uma verdade de todo esse assunto, e essa verdade é a sinceridade, que torna todas as ações belas e honradas. E essa sinceridade estava em Selma Karamy.

10
O salvador

Passaram-se cinco anos do casamento de Selma, sem que viessem filhos para fortificar os laços da relação espiritual entre ela e seu marido e unir suas almas incompatíveis.

Uma mulher estéril é olhada com desdém em toda parte por causa do desejo da maioria dos homens de se perpetuar através da posteridade. Para eles, a descendência é a garantia de sua imortalidade.

O homem comum considera a mulher que não lhe dá filhos como um inimigo; ele a despreza e a abandona e deseja sua morte. Mansour Bey Galib era dessa espécie de homem; materialmente, era como a terra, rijo como o aço e implacável como um túmulo. Sua vontade de ter um filho para levar adiante seu nome e reputação fê-lo odiar Selma a despeito de sua beleza e doçura.

Uma árvore crescida numa caverna não produz fruto; e Selma, que viveu à sombra da vida, não teve filhos...

O rouxinol não faz ninho em gaiola para que a escravidão não venha a ser a sina de seus filhotes... Selma era prisioneira da desgraça e era o desejo do Céu que ela não tivesse outro prisioneiro para participar de sua vida. As flores do campo são as filhas da afeição do sol e do amor da natureza; e os filhos dos homens são as flores do amor e da paixão.

O espírito do amor e da paixão nunca pairou sobre a bela casa de Selma em Ras Beirute; apesar disso, ela se ajoelhava toda noite diante do Céu e pedia a Deus por um filho em quem pudesse encontrar conforto e consolo. Ela rezou incessantemente até que o Céu respondeu às suas preces.

Finalmente, a árvore da caverna floriu para produzir fruto. O rouxinol na gaiola começou a fazer o ninho com as penas de suas asas.

Selma estendeu seus acorrentados braços na direção do Céu para receber a preciosa dádiva de Deus e nada no mundo poderia tê-la feito mais feliz do que tornar-se mãe.

Ela esperou ansiosamente, contando os dias e antevendo os momentos a partir dos quais a mais suave melodia dos Céus, a voz de seu filho, soaria em seus ouvidos.

Ela começou a entrever o despontar de um futuro mais radiante através de suas lágrimas.

Transcorria o mês de Nisan, quando Selma estava estendida no leito sob as dores e os esforços da batalha que então se travava entre a vida e a morte. O médico e a parteira estavam a postos para entregar ao mundo um novo hóspede. Altas horas da noite, Selma começou a chorar intermitentemente... um pranto de partição da vida à vida... um pranto de permanência no firmamento do nada... um pranto de uma força frágil diante da tranquilidade das grandes forças... o choro da pobre Selma que jazia em desespero sob os pés da vida e da morte.

Pela madrugada, Selma deu à luz um menino. Quando abriu os olhos, viu rostos sorridentes por todo o quarto, então tornou a olhar e notou a vida e a morte ainda combatendo em torno de sua cama. Ela fechou os olhos e chorou, balbuciando pela primeira vez:

— Oh, meu filho!

A parteira envolveu a criança em faixas de seda e colocou-a ao lado da mãe, mas o médico continuou a olhar para Selma, e balançava tristemente a cabeça.

As exclamações de alegria acordaram os vizinhos, que acorreram à casa para felicitar o pai pelo nascimento de seu herdeiro; mas o médico ainda olhava para Selma e seu filho e meneava a cabeça...

Os empregados apressaram-se em levar a boa-nova a Mansour Bey, mas o médico continuava postado diante de Selma com o olhar de desalento estampado em seu rosto.

Quando o sol apareceu, Selma aconchegou a criança ao seu colo; o menino abriu os olhos pela primeira vez e parecia mirar a mãe; então estremeceu e fechou-os pela última vez. O médico retirou a criança dos braços de Selma e lágrimas correram pelas faces do doutor; então ele murmurou consigo mesmo:

— Este é um hóspede que parte.

A criança morreu enquanto os vizinhos celebravam com o pai no grande salão da casa e bebiam à saúde do herdeiro; e Selma olhou para o médico e implorou:

— Dê-me meu filho, e deixei-me abraçá-lo.

Embora a criança estivesse morta, os sons das taças cresciam na sala.

Ele nasceu com os prelúdios da aurora e morreu ao amanhecer.

Nasceu como um pensamento, morreu como um suspiro e desapareceu como uma sombra.

Não viveu para consolar e confortar sua mãe.

Sua vida começou no fim da noite e terminou ao raiar do dia, como uma gota de orvalho derramada pelos olhos da escuridão e enxugada pelo toque da luz.

Uma pérola trazida pela maré até a costa e devolvida com a vazante para a profundeza do oceano.

Um lírio que apenas entreabrira do botão da vida, e foi logo esmagado sob os pés da morte.

Um hóspede querido cuja aparição iluminou o coração de Selma e cuja partida fulminou sua alma.

Esta é a vida dos homens, a vida das nações, a vida dos sóis, luas e estrelas.

E Selma cravou os olhos sobre o médico, exclamando:

— Dê-me meu filho e deixe-me abraçá-lo; dê-me meu filho e deixe-me alimentá-lo.

Então o médico meneou a cabeça. Sua voz saiu sufocada:

— Seu filho está morto, senhora, resigne-se.

Ao ouvir o que disse o médico, Selma deu um grito terrível. Depois calou-se por um momento e sorriu alegremente. Seu rosto se iluminou como se ela tivesse descoberto algo, e calmamente disse:

— Dê-me meu filho; traga-o para perto de mim e deixe-me vê-lo morto.

O médico levou o pequeno corpo para Selma e colocou entre seus braços. Ela o abraçou, virou o rosto contra a parede e monologou com a criança morta:

— Você veio para me levar; você veio para mostrar-me o caminho que leva à costa. Aqui estou, meu filho; conduza-me e deixaremos esta escura caverna.

E num instante os raios de sol penetraram pelas cortinas da janela, caindo sobre dois corpos inertes que jaziam sobre a cama, envolvidos pela profunda dignidade do silêncio e sombreados pelas asas da morte. O médico deixou o quarto com lágrimas nos olhos, e, quando alcançou o grande salão, a festa havia sido convertida num funeral, mas Mansour Bey Galib não pronunciava uma palavra nem derramava uma lágrima. E permaneceu imóvel como uma estátua, segurando uma taça de bebida com a mão direita.

No segundo dia, Selma foi envolvida em seu branco vestido de noiva e colocada num esquife; a mortalha da criança foi sua primeira roupa; seu caixão foram os braços de sua mãe, e o túmulo, seu quieto colo. Os dois corpos foram levados num só ataúde, e eu caminhei reverentemente com a multidão, acompanhando Selma e o filho para seu lugar de descanso.

Chegando ao cemitério, o Bispo Galib iniciou um cantochão, enquanto os outros sacerdotes oravam, e sobre seus rostos severos transparecia um véu de ignorância e vacuidade.

Quando o esquife baixou à terra, um dos presentes murmurou:

— Esta é a primeira vez em minha vida que vejo dois cadáveres num só ataúde.

Outro balbuciou:

— Parece que a criança veio para libertar a mãe de seu marido impiedoso.

Um terceiro comentou:

— Olhe para Mansour Bey: ele contempla o céu, como se seus olhos fossem feitos de vidro. Ele não parece ter perdido a esposa e o filho num só dia.

Um quarto acrescentou:

— Seu tio, o Bispo, o casará de novo amanhã mesmo com uma mulher mais rica e mais saudável.

O Bispo e os sacerdotes continuaram entoando seus lamentos até o coveiro terminar de cobrir a sepultura. Então as pessoas, uma a uma, aproximaram-se do Bispo e de seu sobrinho e apresentaram as condolências com palavras amáveis de pesar; mas eu permanecia solitário, ao lado, sem uma alma que me consolasse, como se Selma e seu filho nada significassem para mim.

As carpideiras que tinham ido ao enterro deixaram o cemitério; o coveiro postou-se diante do novo túmulo segurando ainda a pá com a mão.

Aproximei-me dele e perguntei:

— Você se lembra onde Farris Effandi Karamy foi enterrado?

Ele me olhou durante um instante e então apontou para o túmulo de Selma:

— Exatamente aqui; coloquei a filha sobre ele, e sobre o colo dela descansa a criança, e sobre todos eles recoloquei a terra, com esta pá.

Murmurei então:

— Nesta cova, você enterrou também meu coração.

Quando o coveiro desapareceu por entre os álamos, não pude mais resistir; deixei-me cair sobre o túmulo de Selma e chorei.

Este livro foi composto na tipografia Gandhi Serif,
em corpo 12/17,5, e impresso em
papel off-white g/m² no Sistema Cameron da
Divisão Gráfica da Distribuidora Record.